Das Syndrom der Therapeutin

oder

Das Leben als Ort der Abschiede

Ich habe mir überlegt, diesen im Jahre 2008
erstmalig bei Books on Demand
erschienenen Roman

umzuschreiben in der Art und Weise,
dass ich den Text in die **Ich-Form** transferiere
und damit meine Protagonistin Anne erzählen lasse,
was ihr widerfahren ist.
Ich bin überzeugt, dass ich mit diesem Wunsch
einiger meiner Leser
eine größere Nähe und einfachere Identifizierung
mit Anne
oder
auch Ablehnung
ihres Charakters erreichen werde.

Erika Oczipka

Das Syndrom der Therapeutin

oder

Das Leben als Ort der Abschiede

Psycho-Krimi

Herstellung und Verlag:

BoD- Books on Demand, Norderstedt

Bibliografische Information der Deutschen
Nationalbibliothek:

Die Deutsche Nationalbibliothek verzeichnet diese Publikation
in der Deutschen Nationalbibliografie;

detaillierte bibliografische Daten sind im Internet über

http://dnb.d-nb.de

abrufbar.

Umschlaggestaltung, Fotos und Text:
Erika Oczipka

Herstellung und Verlag:
BoD - Books on Demand,
Norderstedt

ISBN: 9783750426795

Ein neuer Patient

An einem meiner freien Montage, als ich über den Abrechnungen brütete, klingelte das Telefon in meiner Praxis und eine angenehm tiefe, fremdländisch klingende Männerstimme fragte nach einem ersten Gesprächstermin. Das war gewöhnlich. Ich notierte das Datum und verließ die Praxis, um mir in meiner Wohnung ein Mittagessen zuzubereiten.

Während ich in der Küche stand, überlegte ich, ob ich mein Wochenendhaus auf dem Land aufgeben sollte oder nicht. In meinem Refugium war es mir zu einsam geworden.

Mein Distanzproblem zu den Patienten hatte ich durch die räumliche Entfernung von meinem Arbeitsplatz allmählich besser in den Griff bekommen. Aber, und ich wusste nicht genau, woran es lag, meine Freunde waren nicht mehr so mobil, dass sie sich auch spontan zu einem Wochenendbesuch entschlossen. Ich bewegte mich gern in der Natur, streifte durch die Wälder, wanderte über Hügel und Felder, auch allein.

Eine Lücke klaffte zwischen dem, wie ich seit Jahren lebte und wie ich mir mein Leben in meinen Träumen vorstellte. Ließ ich meinen Gedanken freien Lauf, tauchten Bilder auf von Wanderungen zu zweit, mit einem Mann, der bleiben würde, der meine Vorlieben teilte, der für mich bestimmt sein würde. Ich fragte mich dann, wieso ich einen solchen Tagtraum wagen dürfe. Wenn Männer sich mir nicht unterwarfen, hatten sie die totale Anpassung gefordert. Ein Kompromiss war nie in Sicht gewesen. Meistens waren es Männer, jünger als ich, ein Phänomen, das auftauchte, als ich Mitte dreißig war. Kein Mensch hatte das erklären können, ich am wenigsten. Zuerst war ich geschmeichelt gewesen, dann fühlte ich mich ausgenutzt, dann wieder diese Verantwortung, die mir übertragen wurde, als habe der ältere Partner nicht nur alle Entscheidungen herbeizuführen, sondern auch noch für diese einzustehen.

Die Rolle der Frau, der Mutter, der Schwester. Und was blieb mir davon? Die Bewunderung anderer, das Gefühl, als Frau begehrenswert, sexuell interessant zu sein, gebraucht zu werden. Aber nicht auch missbraucht? Dieses Wort kam mir nicht leicht über die Lippen, weil ihm eine Passivität anhaftete, die ich so nicht verstanden wissen wollte.

An einem Mittwochvormittag saß in meinem Wartezimmer der Mann mit dem fremdländischen Akzent, den ich keiner Nationalität zuordnen konnte. Sein Aussehen gab mir auch keinen Aufschluss. Vielleicht Mitte Dreißig war er, mindestens einen Kopf kleiner als ich, von muskulöser Gestalt, seine Hautfarbe konnte man olivebraun nennen. Wenige Haare kräuselten sich schwarz, wacher Blick aus großen braunen Augen, umgeben von einem klaren Weiß, faszinierend, dachte ich. Wie es meine Art war, ging ich freundlich lächelnd auf ihn zu, gab ihm die Hand und führte ihn in das Sprechzimmer.

Er kam auf Empfehlung seiner Freundin, die seine Probleme kannte und ihm geraten hatte, einen Therapeuten aufzusuchen. Dieser Weg sei ihm, wie er sagte, nicht leicht gefallen. Und natürlich sei er nicht zu einem Mann gegangen. Ich ließ ihn reden. Er habe seit einiger Zeit nachts starke Zuckungen in den Beinen, dass er davon aufwache, außerdem schwitze er sehr, so dass am Morgen sein Kopfkissen ganz nass sei. Er rauche übermäßig viel und habe häufig Herzkrämpfe. Die Mediziner hätten keine Diagnose stellen können und er glaube auch nicht daran, dass eine Psychotherapeutin ihm helfen könne. Ich hatte ihn während seiner Rede unverwandt angesehen und fing an, über das zur Schau gestellte Selbstbewusstsein zu rätseln.

Sein Deutsch war von Fehlern durchsetzt, fast alle Artikel fehlten, jedoch ließ die Wahl seiner Worte den Schluss zu, dass er über das, was allgemein als Bildung bezeichnet wurde, verfügte. Er habe in Deutschland studiert, arbeite seit acht Jahren. Er komme aus Armenien, wo ein großer Teil der Familie lebe. Er sei mit einer deutschen Frau zusammen und seiner Meinung nach ganz gut integriert, wolle demnächst einen Antrag auf Einbürgerung stellen, um künftig bei Reisen den Schikanen an den Grenzen zu entgehen und sich innerhalb des Landes mit deutschem Ausweis ein angenehmeres Leben schaffen.

Ich fragte nach seiner eigenen Einschätzung, was die Ursache für die beschriebenen Symptome sein könne. „Ich habe keine Probleme", war seine Antwort. Ich registrierte, wie sich seine Miene verändert hatte, er war auf dem Rückzug, nahm die Freundlichkeit gleich mit.

Er sah mich herausfordernd an. „Ich weiß, was Sie denken", sagte er, ironisch lächelnd, „da ich Ausländer bin, muss ich einfach massive Probleme haben. Falsch. Ich komme zwar aus einem anderen Kulturkreis, bin aber in vielen Dingen schon deutscher als die Deutschen."

„Und gerade diese Aussage könnte zeigen, wo wir vielleicht anzusetzen hätten", wagte ich vorsichtig vorzuschlagen.

„Wissen Sie, ich habe mir schon so etwas gedacht, bevor ich zu Ihnen kam", sagte der Mann und erhob sich mit einem Ausdruck desjenigen, der die Dinge immer schon kommen sieht. „Ich gehe besser." Ich versuchte einzulenken: "Sie können sich das ja zu Hause noch einmal überlegen und mich dann anrufen."

„Ich glaube, das ist nicht nötig."

„Schade", sagte ich und öffnete die Tür, reichte ihm die Hand zum Abschied. Ich fand, er sah traurig aus in seinem Trotz. Hatte ich versagt?

Der Fremde

In den folgenden Wochen dachte ich ab und zu an den Gesichtsausdruck dieses Mannes. Ich wurde ihn nicht los. Bis ich ihn eines Tages doch vergessen hatte. Ich war einsamer, als ich mir eingestand.

Wenn ich in den Pausen die Praxis verließ und durch die belebten Straßen der Innenstadt ging, fiel mir auf, dass, wenn nicht gerade Büroschluss war, die Menschen fast immer paarweise auftraten. Das erinnerte mich an die Zeit, als ich gern schwanger geworden wäre und mein Blick in Kinderwagen oder auf dicke Frauenbäuche gefallen war. Ich deutete dies natürlich so, wie es sich gehörte. Ich wäre ja auch lieber mit jemandem unterwegs. Manchmal fehlte mir sehr die Nähe oder auch die Wärme eines Menschen, ohne dass dabei größere Ansprüche im Spiel sein müssten. Aber im Grunde war das nur die halbe Wahrheit.

Das Bistro in der Nähe der Praxis war auch an diesem Mittag gut besucht. Ich grüßte die jungen Inhaber und registrierte einen Tisch im hinteren Teil, an dem nur eine Person saß. Ein Mann hatte den „Spiegel" vor sich auf dem Tisch liegen, daneben eine Tasse Capuccino. Ich sagte Guten Tag und fragte, ob ich mich dazusetzen dürfe. Als der Mann aufblickte, sah ich mit Erstaunen in ebenso erstaunte Augen. Nicht unfreundlich deutete er auf den freien Stuhl und sagte: "Bitte". Ich war einen Augenblick lang unsicher, der Impuls, mich umzudrehen und nach einer anderen Möglichkeit zu suchen, kam, Bruchteile einer Sekunde - ich blieb.

„Ich komme häufiger hierher, aber Sie habe ich hier noch nie gesehen", sagte ich, mehr um überhaupt etwas zu sagen, und setzte mich. Normalerweise, wenn ich privat unterwegs war und eines Patienten ansichtig wurde, versuchte ich, ihm auszuweichen. Aber dieser Mann war ja nicht zum Patienten geworden, bis jetzt nicht. „Ich wohne in der Nähe, bin aber in den letzten Jahren nur drei- oder viermal hier gewesen", antwortete er. Dann schwieg er, unentschlossen, ob er nun weiterlesen solle oder nicht. Ich bestellte einen Salat und eine Tasse Tee und musterte ihn. Er gefiel mir, und ich erinnerte mich an die Aufrichtigkeit, die von seinem Wesen ausgegangen war, als er sich mit mir im Gespräch befunden hatte. Die Augen, die mich nicht losließen. Dieser melancholische Blick, hinter dem eine unendliche Traurigkeit zu liegen schien.

Aber was rede ich denn da, sagte ich, mich zurechtweisend. Das Essen war zur Nebensache geworden. Ich wollte ihn unbedingt in ein Gespräch verwickeln.

„Ich verstehe nicht, wie man sich als Fremder in diesem Land aufhalten kann", sagte ich so langsam, dass alle Fragezeichen sichtbar wurden.

„Glauben Sie, dass es irgendwo in Europa besser ist als hier", entgegnete er, als habe er nur auf diesen Satz gewartet. Wer weiß, wie oft er ihn bereits hatte hören müssen. Ich ärgerte mich kurz über mich selbst, dass mir solche Plattheiten einfielen.

Was wusste er von meinem gespaltenen Verhältnis zu meinem Heimatland oder gar zum wieder vereinten Deutschland. Ich möchte ihm nahe sein, um seine Fremdheit zu spüren, ich will alles über ihn wissen, eindringen in sein Wesen, sein Denken, seine Welten, seine Vergangenheit, seine Seele.

Ich hatte irgendwann einmal beschlossen, dass ich Grenzen nicht akzeptieren würde, die künstlich errichtet worden waren, sei es durch das repressive Gespenst der christlichen Kirche oder durch die Heuchelei der Väter. So konnte ein Satz wie „Ich will" mir so selbstverständlich von den Lippen kommen wie die Bestellung an den Kellner. Da der Fremde mich mit seiner Halbfrage irritiert hatte - ich hatte kein Verlangen nach einer politischen Diskussion, davon verstand ich nichts und wollte ich auch nichts verstehen - nahm ich den direkten Weg und sagte: "Ich würde Sie gern näher kennen lernen. Geht das?"

Er rührte mechanisch mit dem Löffel in der Tasse herum, sein Blick folgte den Bewegungen. Als er aufsah, in meine Augen blickte, ohne gleich nach Worten zu greifen, schien er gedanklich ganz weit fort zu sein, und es kam mir vor, als wolle er etwas festhalten, was ihm doch schon abhanden gekommen war.

Er wandte sich wieder seiner Tasse zu und sagte: "Sie und ich, wir haben es doch beide gewusst. Darüber hinaus verlasse ich mich auf meine Träume. Und ich habe wieder von sehr klarem Wasser geträumt, in dem ich mich befand, und ich hielt die Hand eines Menschen, dessen Gesicht mir nicht bekannt war."

Ich rätselte. Dieser kleine Ausbruch kam mir zu ungestüm, scherzte er mit mir? Aber er sah mich an, schöne Wimpern hat er, dachte ich, und die Märchen aus Tausendundeiner Nacht haben mir immer schon gefallen. Ich suchte nach etwas in seiner Mimik, ob er nun Spaß gemacht oder ich sein Traumbekenntnis ernst zu nehmen hätte. Ich zögerte, sah auf die Uhr. „Wir könnten essen gehen, morgen Abend zum Beispiel, möchten Sie?"

„Wir fahren mit der Bahn über den Rhein, ich kenne ein italienisches Restaurant, das ich empfehlen kann", sagte er. „Um halb acht an der Straßenbahn am Zoo, abgemacht?"

„Ja, gern". Ich winkte dem Kellner, zahlte, stand auf, gab dem Fremden die Hand, lächelte ihn an und ging hinaus. „Mein Gott, bin ich schnell", stellte ich fest.

Das rote Kleid

Ich hatte gelernt, meine Arbeit ernst zu nehmen, möglicherweise zu ernst. Kein Mensch konnte dem Anderen Heilsbringer sein. Und ich wusste das ganz genau. Aber mir war, wie manch anderen Psychologen, durch die eigenen Überlebenskämpfe Kritikfähigkeit und Distanz zur Arbeit verloren gegangen. Ich litt darunter, dass Freunde es anfangs für Humorlosigkeit hielten, bis sie merkten, hier fehlte eigentlich nur Anerkennung, die zu einer gewissen Lockerheit hätte führen können. Ich erlaubte mir selbst an diesem Tage nicht den Gedanken an meine neue Bekanntschaft.

Erst als ich auf dem Heimweg war und mein Blick an einem Kleid im Schaufenster einer Boutique hängen blieb, gestattete ich mir einen Vorgriff auf das geplante Abendessen am kommenden Tag. Ich rechnete kurz durch, ob ich es mir leisten könne, dem werbenden Rot nachzugeben. Außerdem war Rot bisher gar nicht meine Farbe gewesen.

Und nun das ziehende Gefühl, dieses Kleid müsse es sein. Wie merkwürdig. Ehe ich lange darüber nachdenken würde, ginge ich besser gleich zur Anprobe über. So betrat ich das Geschäft, eine Frau im besten Alter, im Begriff, sich wieder einmal einem Mann zu widmen, dem sie unterstellte, dass ihm das Kleid gefallen würde.

In einem Reisebericht einer Frau über den Iran hatte ich die unglaubliche Behauptung gelesen, die moslemischen Frauen kämen gar nicht auf die Idee, sich für ihre Männer schön zu kleiden, sie täten dies nur für die Anerkennung durch ihre Geschlechtsgenossinnen. Es war unmöglich, einen solchen Blödsinn zu glauben, hatte ich empfunden.

Die Verkäuferin nahm das Kleid aus dem Fenster, das einzige Exemplar und auch von der richtigen Größe. Ich befühlte den Stoff, er war weich und gefiel mir. In der Umkleidekabine war es sehr eng. Fremde Gerüche hafteten an dem Vorhang. Ich zog mich aus und schlüpfte schnell in das Kleid. Ich trug selten Kleider, und jetzt stand ich zweifelnd vor dem Spiegel, drehte mich und besah meine Körperformen von allen Seiten, war fasziniert von dem wilden Rot und fühlte mich voller Tatendrang.

Ich zog den Vorhang beiseite und trat hervor, um die Meinung der Verkäuferin zu hören. Das musste sein, bei aller Verliebtheit in das Kleidungsstück. Keck und mit einem verheißungsvollen Lächeln, als sei das die Generalprobe, stand ich da, um das Urteil zu hören. Natürlich war es genau das richtige für mich, für meinen Typ, für meine Figur, wie für mich geschneidert. So spontan hatte ich noch nie einen Einkauf erledigt. Es kam einer Eroberung gleich. Die Schuhe, welche Schuhe würden dazu passen?

Ach, das war im Moment nicht so wichtig, sagte ich mir. Das Kleid wurde mir in einer Papiertüte überreicht, ich zahlte und verließ das Geschäft.

Beschwingt, als habe ich die richtigen Schuhe bereits an den Füßen, eilte ich zu meiner Wohnung. Ich war sicher, ich würde diesen Mann richtig kennen lernen. So nannte ich etwas, was mehr sein könnte als eine kurze Affäre. Oder am Ende doch nur wieder einer mehr in der Biographie, und was bliebe? Ob ein Mann auch so denken könnte, fragte ich mich.

Was dachte dieser Mann über das morgige Treffen. Diese Muster, mit denen wir leben, diese Konventionen, warum nicht gleich zum Wesentlichen kommen. Wobei ich nicht meinte, es wäre das Beste, gleich ins Bett zu fallen, das nicht. Nur das Ausweichen und Abschweifen und Hinhalten, das Sich-Verstecken, das Fest-halten am Weinglas, das Aussprechen dessen, was man gar nicht sagen will und das Unterdrücken dessen, was einem auf der Seele brennt, das Sitzen mit geradem Rücken, das Sich-Klammern an den Blick und all die wortlosen Fragen, die im Raume standen. Der Tag dehnte sich, Ungeduld hatte sich unter meine Erwartungen geschoben.

Ich wehrte mich wieder einmal gegen das aufkeimende Gefühl von Übelkeit, das sich mir in den letzten Monaten ab und zu genähert hatte, ohne mich noch wirklich zu erreichen.

Es war der Sumpf, in dem ich täglich wühlte, in den Daten und Fakten meiner Patienten, die damit umgingen wie mit Lotteriezahlen, auf die man ebenso wenig Einfluss zu haben schien wie auf den Ablauf des eigenen Lebens. An manchen Tagen war es meine eigene Unfähigkeit, das Leben positiv zu betrachten, die mir die Arbeit erschwerte. Der Spiegel zeigte manchmal ein Gesicht, mit dem ich als Helferin unmöglich erfolgreich sein konnte. Ich hatte mir jedoch abgewöhnt, Fröhlichkeit und Ausgeglichenheit vorzutäuschen. Das war zum Bestandteil meiner Selbsthilfe geworden, musste notfalls auch während einer Sitzung thematisiert werden.

Heute war ein solcher Tag. Ich verstand das umso weniger, als ich doch für den nächsten Abend diese Verabredung getroffen hatte. Das rote Kleid wartete auf mich und würde mir neues Leben geben. Diese braunen Augen warteten vielleicht auch auf mich. Aber mit einemmal empfand ich nichts als das mir bereits bekannte Gefühl der Sinnlosigkeit. Ich stellte mir vor, ob von den Menschen, die ich näher kannte und die in keiner festen Beziehung lebten, einer fähig wäre, unbefangen einen Fremden kennen zu lernen, ihm den Bonus des Noch-Nicht-Verurteilten zu gewähren. Oder ob sie alle auf eine Weise geschädigt waren, die keine Hoffnung mehr zuließ? Sie lebten in einer Welt, in der Beziehungen leicht aufzulösen waren, Tabus kannte man kaum noch. Wenn die eigene Einsamkeit es forderte, konnte man mit einem Beliebigen eine Beziehung eingehen, ohne jede Verpflichtung. Was hatten sie gewonnen mit ihrer so genannten sexuellen Revolution. Gar nichts außer Verwirrung und Desorientierung, wenn ich ehrlich war.

Ich hatte erst sehr spät die frühe Trennung meiner Eltern überwunden, Angst und das Wissen um die Wiederholbarkeit dessen, was die Eltern vorgelebt hatten, schienen mich manchmal zu lähmen.

Auf den ersten Blick war ich nicht die Frau, die bei Männern Interesse weckte. Erst im Gespräch mit mir wurde manch einer fasziniert. Ich konnte zuhören, ohne zu unterbrechen, lange zuhören, ohne von mir zu erzählen. Ich lachte auf meine verschmitzte Art und Weise, die mich sympathisch werden ließ. Merkwürdigerweise kamen erst dann meine kleinen blauen Augen zur Geltung, und trotz meiner unbeeindruckenden Körpergröße und auch Fülle hatte ich wohl etwas sehr Mütterliches an mir.

Vielleicht war das einer der Gründe, warum die Männer an meiner Seite immer jünger wurden. Ich war mädchenhaft und mütterlich zugleich, ein Zusammentreffen von Eigenschaften, das selten vorkommt.

Die Vorbereitung

Ich warf einen kurzen Blick auf die Post. Der Brief eines Freundes aus Saudi-Arabien, Rechnungen und zwei Fachzeitschriften. Briefe erhielt man heutzutage nur von weit her, von wo aus das Telefonieren zu teuer war. Allenfalls waren Ansichtskarten zu erwarten, aus Urlaubsregionen, und diese trafen meistens erst dann ein, wenn der Absender bereits wieder zu Hause war. Man schrieb, um seine Weltläufigkeit zu zeigen. Mit dem Briefeschreiben aus vergangenen Zeiten hatte das längst nichts mehr zu tun. Ich hatte mich jahrelang geweigert, Karten abzuschicken, fühlte mich jedoch mehr und mehr in der Rolle der Belehrenden, wenn ich meine Briefe, die bei den Empfängern Begeisterung hervorriefen, in der gleichzeitig Schuldbewusstsein mitschwang, entwarf, manche sogar zweimal schrieb, bevor sie in den Kasten wanderten. Irgendwann begann auch ich, dies als Luxus zu empfinden und unterließ es.

Ich schloss die Wohnungstür auf und betrat meine Wohnung mit dem Gefühl zurückkehrenden Wohlbefindens. Die Zeit schien mir sehr fern, als ich noch in dem kleinen Apartment in der Nähe gewohnt hatte, wohnen konnte man das eigentlich nicht nennen.

Als ich begonnen hatte, meine Selbständigkeit zu planen, war mir klar gewesen, dass ich sehr sparsam zu leben haben würde. Das war der Preis gewesen, und den hatte ich gezahlt. Das brachte mir viel Unverständnis meiner Freunde ein, die jeder für sich ihr Leben bereits auf andere Weise zu genießen in der Lage waren.

Der Vorabend brachte ein Ritual mit sich, von dem ich nicht mehr lassen konnte, auch wenn ich wusste, dass ihm - objektiv gesehen - keine besondere Bedeutung zukommen konnte. Es war mein Badewannenabend, Reinigung, Meditation und

Vorbereitung zugleich auf ein Ereignis, das, sooft es sich auch wiederholte, einmalig bleiben würde in seiner jeweiligen Einzigartigkeit. In der angenehmen Wärme des Wassers fühlte ich meinen Körper träge werden, während sich von meinen Gedanken langsam der Schmutz des Tages löste, so, wie eine wandernde Wolke plötzlich die Sonne freigeben konnte, kam Helligkeit in meine Worte, mit deren Hilfe ich mir die Bilder zu schaffen versuchte, die sich nach der Verabredung am kommenden Tag in Erlebtes verwandelt haben würden.

Mit der kräftigen Bürste führte ich an den Füßen beginnend meine Massage aus, glaubte zu spüren, wie sich die abgestorbenen Hautpartikelchen lösten und die Haut weich wurde. Wie schön wäre es, wenn jemand da wäre, der diese Massage an mir vornähme, dachte ich mit etwas Wehmut. Dieses Alleinsein musste doch mal ein Ende haben. Ich stand auf, um das Wasser ablaufen zu lassen, nahm die Handdusche und spülte mich ab.

Während ich die Wanne säuberte und dann warmes Wasser einlaufen ließ, hüllte ich mich in ein lilafarbenes Handtuch und betrachtete mein Gesicht im Spiegel über dem Waschbecken. Ich war immer wieder fasziniert davon, wie fremd ich mir wurde, je länger ich mir ins Gesicht schaute, die Details gründlich besah, meine blauen Augen, die ein wenig zu klein waren, unter denen sich Falten eingegraben hatten, nicht nur Lachfalten, die Nase, die ich für zu lang hielt, die ich Adlernase nannte, die Stirn, auch nicht mehr glatt, die fast immer unter den Haaren verschwunden war, ich hatte nicht den Mut zu einer wesentlichen Änderung meiner Frisur, stufig geschnittene, schulterlange braune Haare, naturkraus und widerspenstig.

Ein guter Freund, Max, sagte einmal, ich hätte etwas Vogelartiges in meinem Aussehen. Ich war beleidigt gewesen. Ich konnte das: beleidigt sein und schmollen. Als erwachsene Frau hatte ich das herübergerettet aus meiner Kindheit. Er hatte es sogar als Kompliment verstanden wissen wollen, da er große Nasen mochte. Es war mir nicht gelungen, mich nicht zu ärgern.

Die Falten von den Nasenflügeln zu den Mundwinkeln, gegen die ich wirklich anzukämpfen versuchte, waren unwiderruflich wie eingebügelt. Ich versuchte, in meinen Augen zu lesen, sah aber nur Fremdheit, die Theaterkulisse ließ sich nicht bewegen. Und doch kenne ich mich. Und ich bin froh, dass niemand mich so kennt wie ich mich kenne. Das wäre eine Katastrophe.

Ich versuchte, mich mit einem Lächeln bei mir selbst einzuschmeicheln. Was an mir war denn überhaupt liebenswert? Ich wusste es nicht. Fragten andere Menschen sich das auch ab und zu? Ich schaute wie ein trauriger Clown in den Spiegel und sagte: „Das Theater wird weitergehen, solange ich lebe, was soll's."

Ich prüfte die Temperatur des Badewassers und gab Badeöl hinzu. Ich atmete tief ein. Dann versank ich zum zweiten Mal unter der warmen Oberfläche des nun milchigen und duftenden Wassers. Meine Glieder lockerten sich wieder und ein winziges Zipfelchen an Fröhlichkeit - oder war es Erwartungsfreude, die sich schüchtern ankündigte - kehrte zurück. Ich schloss die Augen. Ich erinnerte mich an das Jahr, in dem ich eine Entscheidung zu treffen gehabt hatte.

Mein Freund, mit dem mich seit Jahren eine gute und tiefe Freundschaft verband, hatte beruflich in Saudi-Arabien zu tun und das Angebot auf einige Jahre dort erhalten. Er fragte mich, ob ich mitkäme. Zu der Zeit bereitete ich mich auf meine künftige Selbständigkeit vor, sparte das erforderlich werdende Geld und hatte eben ganz andere Gedanken, als mich in Saudi-Arabien wieder zu finden. Die Rolle der Frauen in jenem Land war auch nicht gerade dazu angetan, meine Begeisterung zu wecken. Trotzdem befand ich mich mitten in einem gewaltigen Konflikt. Bliebe ich bei diesem Manne, hätte ich die Chance, in Ruhe schwanger zu werden, was sich bei der Entscheidung für eine Selbständigkeit noch hinziehen oder gar unmöglich sein würde.

Dieser Freund war ein Ingenieur und kam aus einer anderen Welt, die mir im privaten Kreis sehr fremd blieb. So war ich hin- und hergerissen. Letztlich siegten die Pläne, die aus mir selbst erwachsen waren, und ich blieb in meiner Stadt. Den Freund sah ich zu dessen Urlaubszeiten. Ich hatte für mich keine Bilanz gezogen, ob meine Entscheidung nun richtig oder falsch war.

Mit den Jahren verlor sich diese Freundschaft zu dem Mann, da er sich einer anderen Frau zuwandte, mit der er dann Kinder hatte. Ab und zu erhielt ich einen Brief oder eine Karte. Das nennt man wohl Anhänglichkeit.

Warum konnte ich nicht so sein wie viele andere Frauen? Vielleicht wäre es dort doch ganz erträglich gewesen, ich hätte mir einen Freundeskreis aufgebaut, Freundinnen wie hier in Deutschland auch. Aber bald kamen wieder die Zweifel, ob es nicht doch an dem Mann gelegen hatte, mit dem man zwar Pferde stehlen konnte, der jedoch meinen intellektuellen Ansprüchen nicht genügt hatte. Ob das nun wirklich so wichtig gewesen wäre? Ich hatte auch auf diese Frage keine Antwort. Ich freute mich auf den kommenden Tag.

Erste Verabredung mit Mangal

Ich fertigte den letzten Patienten um 16.00 Uhr ab und begab mich auf den Heimweg. Ich passierte den Brehmplatz und stellte mir vor, wie ich ein paar Stunden später hier auf den Mann treffen würde. Wenn er nun nicht käme, sondern mich nur testen wollte, von irgendeiner Ecke aus sich vergewisserte, ob ich auch auf ihn wartete. Aber warum sollte er nicht kommen. Weil er von seiner Freundin gesprochen hatte? Wer wusste denn, ob das stimmte. Vielleicht existierte diese gar nicht.

Was rede ich denn, fragte ich mich. In der Wohnung angekommen, genoss ich erst mal einen schwarzen Tee und las dabei die Tageszeitung.

Im Mai hatte ich jedes Jahr wieder das Gefühl, für den Sommer etwas Besonderes für mein ganz privates Leben erwarten zu dürfen. Die Erneuerung der Natur brachte den Menschen auch diese Hoffnung immer zurück. Ich war davon nicht ausgenommen.

Ich hantierte in meiner Küche mit der nachdenklichen Selbstverständlichkeit desjenigen, der vieles in seinem Leben im Griff hat, dem aber doch ein Wesentliches zum richtigen Glücklichsein fehlte. Irgendwie kam ich immer zu demselben Schluss, dass das wohl nur ein Mann sein könnte.

Natürlich war mir klar, dass die Zeit, Mutter zu werden, bei mir vorbei und damit die Auswahl an Männern geringer geworden war. Das Thema hatte mich lange Zeit beschäftigt, was ich als normal empfunden und angenommen hatte. Jetzt war es so gut wie erledigt. Ich ging ins Schlafzimmer, um mein rotes Kleid zu betrachten. Ich probierte die Schuhe, von denen ich meinte, dass sie zu dem Kleid passten, und entschied mich für ein Paar schwarze. Auch noch in Schuhe zu investieren, hatte ich mir verboten. Das ließ meine Vernunft nicht zu. Nach dem Duschbad legte ich die Utensilien bereit, die sehr selten zum Einsatz kamen. Das waren Make-up, Lippenstift, Rouge und dergleichen optische Schönmacher. An normalen Tagen trug ich nicht einmal ein wenig Lippenstift auf. Ich war der Meinung, dass ich meine Patienten nicht in Kriegsbemalung empfangen dürfe.

Eine Diskussion mit mir selbst darüber, dass sich der Anblick einer Therapeutin, die sich dezent schminkt, auch positiv auf den Kranken auswirken könne, erstickte ich im Keim. Es schien mit dem Berufsethos zu tun zu haben, was außer mir niemand verstehen wollte. Ich war sehr eigen in derartigen Fragen. An diesem Tag war ich nicht wieder zu erkennen. Noch im Bademantel, war ich bereits eine Fremde. Wie würde das erst in dem roten Kleid sein. Ich fragte mich, warum diese Verkleidung überhaupt notwendig war. Es störte mich, aber schließlich war es meine eigene Entscheidung gewesen. Und ich fand mich recht anziehend, als ich in den großen Schlafzimmerspiegel sah.

Ich ging noch einmal in die Küche, um eine Scheibe Brot mit Schinken zu belegen, damit ich im Restaurant in Ruhe die Wahl treffen konnte. Dann zog ich endlich das neue Kleid über den Kopf, richtete meine Frisur mit den widerspenstigen Haaren, zog die schwarzen Schuhe an und hatte das Gefühl, einer Premiere beiwohnen zu dürfen. Mein Kleid versteckte ich unter einem sportlichen hellen Trenchcoat. Ich griff nach der kleinen Tasche, die einigermaßen zur Aufmachung passte und verließ in Aufbruchstimmung die Wohnung.

Der Fußweg zur Straßenbahnhaltestelle dauerte normalerweise acht Minuten. Ich stellte fest, dass ich das Haus zu früh verlassen hatte. Zurückzugehen gefiel mir nicht. Ich beschloss einen Umweg zu machen. Es würde mir gut tun, einen kleinen

Spaziergang vor dem langen Abend, den ich sitzend verbringen würde, zu unternehmen. So spazierte ich gemächlich durch die Straßen, was ich sonst zu dieser frühen Zeit zwischen Arbeitsende und abendlichen Unternehmungen nicht gewohnt war. Ich schaute mir bewusst die Wohnhäuser an, die Vorgärten, die Spielplätze, die vielen kleinen Lokale, die sich langsam auf das abendliche Publikum vorbereiteten.

In einigem Abstand ging vor mir ein Mann. Das war *er*. Obwohl ich ihn bisher nur von vorn gesehen hatte, wusste ich, dass er es war. Automatisch verlangsamte ich mein Gehtempo. Keinesfalls wollte ich ihn überholen. Er ging mit nicht sehr großen Schritten vor mir her. Er trug eine dunkelbraune Lederjacke und blaue Jeans. Nichts Besonderes also.

Er schien es nicht eilig zu haben, war wie ich auch zu früh aufgebrochen. Sein dunkles krauses Haar war auf dem Hinterkopf nicht mehr sehr dicht, bemerkte ich. Wie alt war er? Vielleicht doch eher Ende dreißig. Was sagten mir sein Gang, seine Art zu gehen. Ich legte mich dahingehend fest, dass ich ihm einen federnden Gang zuschrieb, dass er selbstbewusst ausschritt. Daran war nichts auszusetzen.

Er bog jetzt links ab, wie ich es auch vorhatte. Er sah sich nicht um. Er ging direkt auf den Brehmplatz zu. Am Zebrastreifen angekommen, zündete er sich eine Zigarette an. Ich verlangsamte noch einmal das Tempo. Der Mann ging weiter bis zum verabredeten Treffpunkt. Ich hatte nicht den Eindruck, dass ich schon erwartet wurde. Zumindest das hätte ich gern angenommen. Ich nahm denselben Weg. Als ich mich ihm näherte, hatte er mir den Rücken zugewandt. Ich tippte ihm leicht auf die Schulter, um mich bemerkbar zu machen. Er drehte sich um. Seine braunen Augen strahlten mich an. Er freute sich offenbar. Wir gaben uns die

Hand. Er sagte, er sei passionierter Autofahrer, aber wenn er vorhabe, Wein oder Bier zu trinken, lasse er den Wagen gleich zu Hause. Ich saß neben einem Mann, der sich für mich interessierte, stellte ich fest, und ich war fröhlich. Ich machte ihn auf manches aufmerksam, von dem ich glaubte, er kenne es vielleicht nicht, aber er schien sich in der Stadt gut zurecht zu finden. Am Markt stiegen wir um. Er schien auch nicht besonders aufgeregt. Wenn ich aus dem Fenster sah, begutachtete er mich aus den Augenwinkeln, vorsichtig, um sich ein Bild zu machen. Sehr gesprächig wirkte er nicht. In der Straßenbahn konnte das nur von Vorteil sein.

Natürlich sah jedermann, dass ich mit einem Fremden dort saß, dachte ich, nicht nur ein Fremder war er, er war noch dazu ein Ausländer, und um noch weiter zu gehen, kein Europäer. Ich hatte damit keine Probleme. Ich hatte vor langer Zeit einen türkischen Freund gehabt, in den ich sehr verliebt gewesen war. Aber auch mit ihm war mir nicht das Glück beschieden, das ich erhofft hatte. Zumindest hatte das Scheitern dieser Beziehung nicht dazu geführt, Vorurteile aufzubauen, sonst würde ich an diesem Abend nicht mit diesem Fremden hier in der Bahn sitzen. Kurze Zeit später bedeutete er mir, dass wir auszusteigen hätten. Wir befanden uns in der Nähe des Rheins.

Er zeigte mir das Restaurant, das er ausgewählt hatte, ging voraus und öffnete mir die Tür. Er wurde wie ein Vertrauter begrüßt. Noch war kaum Betrieb im Gastraum. Wir wählten einen Tisch aus. „Ich sollte Ihnen meinen Namen sagen, Ihren kenne ich ja schon", sagte er. „Ich heiße Mangal." „Gut", sagte ich, „dann wissen wir ja Bescheid." Er war jetzt sehr gesprächig, empfahl mir eines der Fischgerichte, auch einen Wein, dass ich mich wunderte, wie es für ihn so einfach sein konnte. Er kam doch aus einer ganz anderen Welt und tat so, als sei er hier richtig zu Hause. Umso besser, dachte ich, das vereinfacht vieles.

Nie hätte ich mir an diesem Abend vorstellen können, was ich in den nächsten Monaten erleben würde. Dieser Abend verlief harmonisch in einer Offenheit des Gesprächs und der gewählten Themen, dass uns beiden anzumerken war, wie wir es genossen.

So verwunderte es auch nicht, dass wir uns, als wir gegen Mitternacht das Restaurant verließen, an den Händen hielten. Einfach nur so. Es konnte nicht nur an dem Wein gelegen haben.

Mangal schlug vor, noch eine Weile am Fluss entlang zu gehen, bevor wir die letzte Straßenbahn nach Hause nähmen. Er bot mir seine Jacke an, da es kühl geworden war. Ich nahm das Angebot nicht an.

Während er gemächlich neben mir her schritt, rauchte er eine Zigarette. Er erzählte, dass er im Finanzbereich eines Düsseldorfer Unternehmens tätig sei, aber eigentlich etwas ganz anderes machen wolle. Was das aber sei, könne er noch nicht sagen. Er lebe allein, in einer Wohnung ganz in meiner Nähe. Ich hörte zu, wie es meine gewohnte Art war. Mir fiel nur kurz die Freundin ein, die er bei unserer ersten Begegnung erwähnt hatte. Von ihr war nicht mehr die Rede.

An diesem Abend entschloss ich mich, eine Frage danach vorerst nicht zu stellen. Die letzte Straßenbahn brachte mich wieder zurück ins Zentrum. Wir verabschiedeten uns mit dem üblichen Wangenkuss.

Zweite Verabredung

Alles war so normal verlaufen, dass ich mir die Frage stellte, ob die kleine Enttäuschung, die sich breit machte, an meinen Erwartungen liege. Mein rotes Kleid war überhaupt nicht wahrgenommen worden, jedenfalls nicht von meinem Begleiter. Ich fühlte mich als Frau irgendwie vernachlässigt; er hatte nicht versucht, mich zu küssen. Er hatte kaum Fragen gestellt, die mit meiner ureigenen Persönlichkeit verbunden waren. Offensichtlich hatte er sich wohlgefühlt in meiner Nähe. Seine Sprache war lebhaft, die verwendeten Bilder sehr farbig und fröhlich. Er trank sehr wenig Wein, das Essen genoss er.

Ich fühlte mich zurückversetzt in eine Zeit meines Lebens, als ich die ersten Bekanntschaften mit jugendlichen Männern gemacht hatte; Annäherungen an etwas Unbekanntes, Interessantes, bei dem die Ergebnisse oder Ziele noch im Nebel lagen, weil ich im Grunde selbst nicht wusste, wozu solche Versuche taugen sollten.

Ich empfand das allerdings an diesem Tag als sehr unzeitgemäß. Ich war doch kein Teenager mehr. Andererseits blieb viel Raum für Gedankenspiele. Als ich in meinem Bett lag, blieb mir nichts anderes übrig als festzustellen, dass ich weder verliebt noch besonders aufgeregt war. Das sollte sich schnell ändern.

Der Sommer machte sich plötzlich in der Stadt breit. Wo die Menschen es ermöglichen konnten, fand das Leben auf der Straße und in den Gärten statt. Auf dem Weg in die Praxis war ich guter Stimmung. Eine Woche war vergangen, seit ich mit Mangal den Abend verbracht hatte. In der Zwischenzeit hatten wir zweimal miteinander telefoniert. Am Telefon nahm ich verstärkt wahr, was in seiner Gegenwart nicht so sehr in den Vordergrund kam, dass er nämlich in der deutschen Sprache noch herumstocherte. Er versuchte mit Geschick, seine Schwachstellen zu umschiffen. Am Telefon gelang das nicht. Ich wusste, wie schwierig es war, eine andere als die Muttersprache wirklich gut zu erlernen.

Wir waren für den späten Nachmittag auf ein Bier im nahen Stadtgarten verabredet. Dieses Mal fand ich ihn bereits an einem der Tische sitzend, wieder in die Lektüre des „Spiegel" vertieft. Sein Anblick war mir schon vertraut. Mit der Goldrand-Lesebrille auf der Nase sah er aus wie ein seriöser orientalischer Professor.

Er stand zur Begrüßung nicht auf; ich setzte mich ihm gegenüber und ergriff kurz eine seiner Hände. Er zog seine Hand nicht zurück. Einen Augenblick verharrten wir so, bis ich ein Gespräch begann. Der Biergarten füllte sich mit Gästen, und bald waren wir von anderen umgeben, die wir jedoch kaum wahrnahmen. Mangal und ich waren mit einander beschäftigt.

An diesem Abend versuchte er, vieles über mich zu erfahren, was mir angenehm war, zeigte er damit doch das erhoffte Interesse. Er übernahm vollkommen die Rolle des Fragenden. Ich hielt tapfer mit bei der Beantwortung. Ab und zu gab es Missverständnisse wegen meiner Wortwahl oder seiner Fragestellung.

Als die Dunkelheit hereingebrochen war und die Geräusche um mich herum zugenommen hatten, beendeten wir das Gespräch, um einfach so dazusitzen, zu schauen und uns ab und zu einen Blick zuzuwerfen. Ich konnte nicht sagen, dass er sich genierte, aber auch nicht, dass er kokettierte oder aufdringlich war.

Ein leiser Wind segelte über den Teich; vom Springbrunnen wurde Feuchtigkeit herübergetragen. Ich dachte an meine Arbeit am anderen Tag. Ich sagte, ich würde gern aufbrechen. Die Rechnung verlangte er zu bezahlen. Da gab es keinen Widerspruch. Ich hatte damit kein Problem. Die Menschen um uns herum schien

nichts in die Betten zu treiben. Das war überhaupt für mich eines der erstaunlichs-
ten Phänomene, dass andere ganz offensichtlich nicht so viel Schlaf benötigten
wie ich.

Als wir in die Dunkelheit des Stadtgartens eintauchten, nahm er sacht meine
Hand. So gingen wir bis zur Hauptverkehrsstraße. Er ließ sich den Weg zu meinem Haus beschreiben und führte mich dorthin. Vor der Tür fragte er mich, ob ich
einen Freund hätte. Ich war überrascht. Freund, sagte ich, ja, aber keinen festen.
Er küsste mich leicht auf den Mund und verabschiedete sich.

Zeitraffer

Ich kam so schnell gar nicht mit, da stand ich schon vor meiner Wohnungstür und schloss diese auf. Irgendwie war ich verärgert. Ich hätte aber nicht genau beschreiben können, warum. Ich ging ins Badezimmer, sah wieder in den Spiegel und fragte mich, was will der Mann von mir? Ich schminkte mich ab, putzte die Zähne und verschwand ins Bett, ohne noch ein Glas Wein oder Wasser mitzunehmen und ohne den Fernseher noch kurz einzuschalten. Ich schlief bald darauf ein.

Rückblickend konnte ich die Tage nicht mehr zählen, die zwischen dem vergangenen und dem nächsten Treffen lagen. Dann ging es Schlag auf Schlag. Er kam in meine Wohnung, setzte sich, nachdem er die Schuhe im Flur abgestellt hatte, wie selbstverständlich auf meinen Teppich, nahm mich in die Arme, küsste mich auf den Mund, ließ dann von mir ab und fragte mich, ob ich einen Tee zubereiten könne. Ich wusste nicht, wie mir geschah. Vielleicht hatte ich das Startzeichen übersehen, vielleicht war ich auch nicht richtig bei der Sache gewesen, obwohl ich mich gedanklich häufig mit Mangal beschäftigt hatte.

In Windeseile entwickelte sich eine Beziehung zwischen uns, die ich nicht genau zu bezeichnen wusste.

Mangal versuchte, sich bei mir beliebt zu machen. Er zeigte sich von einer liebenswürdigen Seite, die mich sofort für ihn einnahm. Er spielte wie ein Kind mit allem, was ihm in die Hände oder in den Sinn kam.

Dabei vermied er tiefschürfende Gespräche ganz und gar. Aber er überfiel mich geradezu mit einem Interesse, als sei ausgerechnet ich die Frau, die er immer habe kennen lernen wollen. Es blieb nicht aus, dass ich mich geschmeichelt fühlte. Er verstand es, mir jeden Wunsch von den Augen abzulesen. Die Zeit kam, da ich ebenfalls Interesse an seinem Leben außerhalb unserer Beziehung zu ihm zeigte. Da merkte ich, dass ich kaum Antworten erhielt, die mich zufrieden stellten. Es waren zwar direkte Antworten auf meine Fragen, aber mager und schmal nahmen sie sich aus. Nicht, dass er auswich, dazu war er zu klug; er hatte auf einmal Probleme mit der deutschen Sprache.

Mangal kam und ging, wann er wollte. Er blieb oder auch nicht, wenn er wollte oder nicht wollte.

Saß er in meiner Wohnung und ich empfing einen Telefonanruf, sollte ich Auskunft darüber geben, wer der Anrufer gewesen war. Alle Hintergründe dieser Beziehung zu dem Menschen, der angerufen hatte, waren offen zu legen. Ich kam mir damals schon vor wie bei einem Verhör. Ich nahm das jedoch als echtes Interesse hin und war nicht in der Lage, es auf andere Art zu deuten. Es schmeichelte mir. Wie naiv ich immer noch war.

Unsere sexuelle Annäherung war nicht einfach. Dabei erzählte er zu meiner Beruhigung, dass er mit seiner Freundin ein ausgefülltes Sexualleben gehabt hatte. Da war sie also wieder, diese Freundin. Ich glaubte ihm das.

Irgendwann fiel mir sein intensiver Körpergeruch auf. Ich schwankte zwischen Ablehnung und Anziehung, hatte dergleichen vorher nie erlebt. Nur einmal, Jahre zuvor, bei einem deutschen Mann aus meinem Bekanntenkreis. Dieser roch immer wie ein Puma, auch wenn er kurze Zeit vorher unter der Dusche gestanden hatte. Ich hatte mit niemandem darüber gesprochen, mich aber von diesem Mann ferngehalten, weil ich ihn nicht ertrug. Heute weiß man, wie wichtig das Erkennen des richtigen Partners durch die Nase ist, natürlich in Bezug auf Fortpflanzung. Das

Problem ist die Tatsache, dass viele Frauen die Pille nehmen und dadurch ihr unverwechselbarer, eigener Geruch verfälscht wird und somit bei der Wahl des künftigen Partners ein Irrtum nicht auszuschließen ist. Angeblich ist das mit ein Grund für die vielen Trennungen und Unfruchtbarkeiten auf beiden Seiten.

An Mangals Augen glaubte ich zu erkennen, dass er mir körperlich nah war. Er verstand es, mich zu streicheln, aber es entsprach nicht meinen Vorstellungen von einem Vorspiel. Irgendwie hatte ich nach einiger Zeit das Gefühl, dass etwas schief ginge. Mangal gelang es, mir indirekt die Schuld dafür zu übertragen. Ich fühlte mich oft klein und elend. Das brauchte ich nun gar nicht!

Rätsel über Rätsel

In meiner Beziehung zu Mangal gab es keine Regelmäßigkeit und auch keine Verlässlichkeit, weder in den Begegnungen, noch in den Stimmungen, noch in den Gefühlen. So sehr ich mich auch mühte, irgendetwas machte ich immer falsch.

Ob beim Frühstück der Tee zu schwach, das gekochte Ei zu hart, die Tomaten nicht reif genug waren, ich ahnte, noch bevor Mangal überhaupt etwas gesagt hatte, dass ein Vorwurf unweigerlich kommen musste, da er bereits in der Luft hing. Die Frage war lediglich noch, wann das Unwetter über mich hereinbrechen würde.

Anfangs glaubte ich, es handele sich um Ausnahmen eines schlecht ausgeschlafenen Mannes. Es schien jedoch zu seinem Wesen zu gehören, urplötzlich ohne einen bemerkbaren Übergang von einer Laune in die andere wechseln zu können, vielleicht sogar zu müssen.

Mangal war ein Choleriker der übelsten Sorte, das hatte ich eines Tages für mich entschieden. Hinzu kam das sich bei mir einschleichende Gefühl, dass es ihm auch noch Spaß bereitete, bei mir mit seinen Ausbrüchen Angst auszulösen.

Die Anlässe waren lächerlich im Vergleich zu dem Aufwand an Energie, den seine Anfälle zum Ausleben benötigten. In einem ganz normalen Reflex hatte ich mir einige Male erlaubt zu lachen, während Mangal sich in Beleidigungen erging. Nahm er das wahr, verzog sich sein Gesicht zu einem finsteren Ausdruck und wurden seine Bewegungen extrem heftig. So purzelte das Geschirr auf dem Esstisch durcheinander, fielen Löffel auf den Boden, standen Stühle wild in der Gegend herum, dass ich mich fragte, ob ich in einem Film mitspielte, in dem der Regisseur derartige Anweisungen gegeben hatte. Meistens jedoch blieb mir ein

Stück Brötchen im Hals hängen vor Schreck oder ich verschluckte mich beim Kaffeetrinken.

Mangal war zu keiner Erklärung bereit, verließ immer häufiger den Raum und ließ mich in einer Stimmung zurück, in der ich mich am liebsten verkrochen hätte. Sehnsüchtig wartete ich in der folgenden Stunde auf ein Zeichen dafür, dass nur ein Sturm vorübergefegt sei, der zufälligerweise den Weg durch mein Esszimmer hatte nehmen müssen, aber mit mir und Mangal weiter nichts zu tun gehabt hatte.

Es konnte sein, dass der Mann nach einem solchen Anfall tatsächlich nach dem Duschen aus dem Bad kam und Pläne für den Tag schmieden wollte, wenn es ein Wochenende war. Ich konnte nicht anders, als gutwillig darauf einzugehen und freute mich, dass alles einen so angenehmen Verlauf nahm.

Es kam auch tatsächlich vor, dass einen ganzen Tag lang nichts die Beziehung zu trüben schien. Aber je mehr Zeit verging, desto weniger geheuer waren mir diese ruhigen und normalen Stunden. Insgeheim hatte ich mich bereits auf das nächste Unwetter eingestellt. Ich war immer auf der Hut. Das entsprach überhaupt nicht meinem Wesen. Ich war es gewohnt, anderen Menschen offen gegenüber zu treten.

Die Vorbehalte, an denen ich schon nach so kurzer Zeit mit Mangal fast erstickte, brachten mich eines Tages dazu, ihm in einer stillen und besinnlichen Stunde vorzuschlagen, dass unsere Beziehung besser beendet werden sollte. Mangal verstand mein Anliegen nicht.

Er brachte mich schließlich davon ab und wiegte mich in der Sicherheit, dass er nur einige Probleme zu lösen habe und danach ein ganz anderer Mensch sein werde. Worum es sich bei diesen Problemen handelte, sprach er nicht aus, erging sich vielmehr in Andeutungen, tat sehr geheimnisvoll und machte mir Hoffnungen auf eine vertrauensvolle Beziehung in der Zukunft. Da ich gewöhnlich nicht schnell das Handtuch warf, sondern mich eher durchsetzte als zur Aufgabe bereit zu sein, nahm ich die charmant vorgetragene Herausforderung an. Das sollte ich sehr bereuen.

Bis zu diesem Tag hatte ich mich nicht negativ über meinen neuen Freund geäußert. Ich hatte ihn allerdings auch nicht in meinen Bekanntenkreis eingeführt, wie das normalerweise meine Art war. Mit der Zeit gelang es mir, mir ein klareres Bild von Mangal zu machen.

Ich wusste, dass er es nicht vertrug, wenn ich ihm Fragen stellte und über Probleme sprechen wollte. Es reichte bereits, wenn ich ansatzweise einen Rat einholen wollte, wie es unter Freunden oder Partnern eigentlich üblich war.

Er vermied es generell, sich mit Fragestellungen zu beschäftigen, es sei denn, es handelte sich um ganz akute, die keinen Aufschub vertrugen. Aber auch dann ließ er nur seine eigene Meinung gelten, wenn ich mit einem Vorschlag zu ihm kam. Mit allen Mitteln sollte das durchgesetzt werden, sonst war der Rückzug bereits eingeleitet.

Dieses Verhalten führte dazu, dass ich wie früher alles selbst bewältigte und auf seinen Rat verzichtete. Dann konnte es vorkommen, dass Mangal, wenn er davon erfuhr, noch im Nachhinein alle Beteiligten beschimpfte, mich eingeschlossen. Ich hätte mich sowieso nur übervorteilen lassen, stellte er dann fest, ohne wirklich den Sachverhalt zu kennen. In Gegenwart Dritter, ob beim Einkaufen in der Stadt, in der Autowerkstatt, im Restaurant, wo auch immer, stellte Mangal sich als jemand vor, der alles besser wusste. Das war fast unerträglich. Bis ich eines Tages entschied, ihn nicht mehr einzubeziehen. So war mein Leben im Grunde unverändert, nur dass sich häufiger als früher ein Mann in meiner Wohnung aufhielt. Diese Aufenthalte ergaben sich nach wie vor spontan, einseitig natürlich.

Er erschien unangekündigt, wenn ich mich nach der Arbeit niedergelassen hatte, um ein Buch zu Ende zu lesen, einen Film zu sehen oder ein Telefongespräch zu führen. Mangal verfügte über einen ausgeprägten Willen, mir den Abend nach seinen Vorstellungen zu gestalten.

So schnell, wie er gekommen war, verschwand er oft wieder. Mir blieb dann kaum Zeit, noch ins Kino zu gehen, das Buch in Ruhe weiter zu lesen oder noch mit jemandem ein Bier zu trinken. Er hatte mich aus dem Rhythmus gebracht, und das schien tatsächlich sein Anliegen zu sein.

Es dauerte geraume Zeit, bis ich wahrhaben wollte, dass es sich bei diesen Kurzbesuchen um Kontrollen handelte. Er brauchte diese Klarheit über meinen Tagesablauf so sehr, wie er bei sich das Chaos genoss, in dem Bewusstsein, dass seine liebe Freundin zu Hause gut aufgehoben war und sich kaum mit anderen Personen, Männern vor allem, wie sich später herausstellen sollte, beschäftigen konnte.

Über Nacht blieb er selten. Wenn er das jedoch vorhatte, konnte ich sofort alle Pläne vergessen, die ich für meinen freien Abend gehabt hatte. Er wollte beschäftigt sein. Er langweilte sich, wenn sich nicht jemand ganz und gar um ihn kümmerte. Diese Ausschließlichkeit behagte mir, die ich trotz meines langen Alleinlebens kompromissbereit geblieben war, überhaupt nicht. Eine richtige Unterhaltung gelang ebenfalls selten. Er sparte zuviel aus, was für mich ein Nachfragen wert war; er selbst fragte kaum einmal. Das war nur in den ersten Tagen anders gewesen und hatte mich beeindruckt. Mit viel Ausdauer hatte ich alles preisgegeben, was er von mir zu wissen begehrte. Auch dieser Leichtsinn sollte sich rächen, indem vieles von dem, was ich über mich berichtet hatte, gegen mich verwendet wurde, wenn er es einsetzen konnte, ob passend oder nicht.

Außerdem erbrachte er bei seinen nächtlichen Aufenthalten den Beweis für die seinerzeit von ihm aufgezählten Symptome, deretwegen er mich damals in der Praxis aufgesucht hatte. Morgens war, fast ohne Ausnahme, sein Kopfkissen nicht nur feucht, sondern nass; und er litt tatsächlich an Zuckungen, von denen ich manchmal sogar wach wurde. Ihm war das zwar unangenehm – das vergaß er nicht zu betonen – aber da er daran nichts ändern konnte und ich offensichtlich auch kein Rezept kannte, nahm er es mit der Zeit als gegeben hin.

Nach dem Urlaub

Unsere Beziehung hatte fast ein halbes Jahr überdauert, als ich mich traute, nachzufragen, was Mangal von einem Kurzurlaub halte. Ich hatte, bevor er in mein Leben getreten war, zwei Wochen Winterurlaub auf Teneriffa geplant. Mangal ließ sich mit einer Antwort viel Zeit.

Als der Termin näher rückte, fragte ich in wöchentlichen Abständen bei ihm nach, wurde jedoch weiter vertröstet. Ich wusste, dass ich den Flug nicht in letzter Minute buchen konnte.

Eines Abends fragte ich ihn ultimativ, um zu erfahren, dass er gar nicht vorhatte, mit mir zu verreisen. Einen Grund dafür nannte er nicht, jedenfalls keinen, den ich anerkennen konnte. Er habe in seinem Beruf so viel zu tun, dass er sich nicht für zwei Wochen entfernen könne.

Ich schwankte wieder, sollte ich meine Ferienpläne ändern oder ohne ihn fahren. Er sagte, ich solle doch allein fahren. Obwohl er an meiner Mimik hätte wahrnehmen können, wie wenig mir der Gedanke gefiel, nun, da ich mich entschieden hatte, die Beziehung mit Mangal weiterzuführen, ließ er sich nichts anmerken. Ich war sehr enttäuscht.

Tags darauf wagte ich einen letzten Vorstoß. Mangal reagierte sehr ungehalten und empfahl mir noch einmal, doch allein zu fahren. Damit brachte er mich endgültig aus dem Gleichgewicht.

Ich als selbstbewusste Frau fing an, mich mit ganz anderen Augen zu sehen. Was war der wirkliche Grund, dass er mit mir keinen Urlaub planen mochte. Warum schickte er mich allein fort. War es ihm gleichgültig? Alles blieb unbeantwortet und verursachte bei mir ein Unbehagen, das mich nicht mehr losließ. Im Innersten verletzt, buchte ich Flug und Hotel. Am Abend vor meinem Abflug war er in meiner Wohnung und versuchte im Bett besonders auf mich einzugehen, nicht wahrnehmend, dass ich mit den Gedanken ganz woanders war.

Was sollte das alles, fragte ich mich. Ich schämte mich fast wegen meiner Gefühle, die mir eigentlich einen vollkommen anderen Weg wiesen als den, den ich beschritten hatte in den letzten Monaten. Aber hatte ich ihn wirklich bewusst eingeschlagen?

War nicht vielmehr das Ende meiner altvertrauten Einsamkeit eingetauscht gegen eine neue fremde Art der Einsamkeit, die viel schmerzhafter war, und der vermeintliche Weg ein Weg, der mich von mir selbst entfernte? Ich hatte von Tag zu Tag mehr gespürt, wie ich meine Bedürfnisse in irgendeiner Ecke ablegte, nur um diesem Manne zu gefallen.

Was war Besonderes an ihm, dass es ihm gelang, aus der selbständigen Frau, die ich gewesen war, eine abhängige zu machen, die sich komplett auf ihn einstellte, die sich nicht traute, ihren Kummer auszusprechen, die aß, was er essen wollte, die den Tee jetzt zubereitete, wie er ihn am liebsten trank, die ihre Freunde vernachlässigte, weil er so oft unverhofft bei ihr in der Wohnung sich breit machte, die noch nicht einmal ihre Vorstellungen von einer spannenden Sexualität ausleben konnte, weil er sie auch dabei ständig kritisierte, die immer schweigsamer wurde, je lauter es aus Mangal heraustönte.

Meine alten Freunde sahen mich in diesen Monaten selten; was sie aber sahen, war, dass mein spontanes Wesen abhanden gekommen war. Ich war leiser geworden, lachte nicht mehr so frei und bog das Gespräch ab, sobald jemand versuchte, etwas über meine neue Beziehung in Erfahrung zu bringen. Mangal blieb ganz sachlich während der Fahrt zum Flughafen und auch, als er mich dort absetzte. Er trug mein Gepäck in die Halle, suchte einen Parkplatz für den Wagen und kam dann wieder zurück.

Ich hielt das nicht aus. Ich glaubte, es sei besser, mich recht schnell von ihm zu verabschieden. Alles kam mir so sinnlos vor. Was sollte ich auf der Insel, wenn meine Gedanken um diese merkwürdige Beziehung kreisten. Von dort aus konnte ich gar nichts bewirken. Ich kam mir abgestellt vor. Ich hatte das Gefühl, die Fäden aus der Hand zu geben. Konsequenterweise hätte ich alles stornieren sollen, dachte ich. Aber dann wäre ich sicher auch nicht weiter gekommen. Mit einem verstockten Mangal war nichts anzufangen. Er würde sich tagelang nicht sehen lassen, und wenn er bei mir wäre, würde ich von meinem Strand träumen, auf den ich mich so sehr gefreut hatte.

Da ich für die zwei Wochen keine Patiententermine angenommen hatte, säße ich dann hier in der Stadt und hätte zu überlegen, was ich mit der freien Zeit anfangen könnte. Etwas Gemeinsames vorzuschlagen würde ich mich nicht trauen. Ich war ängstlich geworden vor den Absagen, die er so locker aus seinem Munde entließ. Also ginge ich vielleicht tagsüber schwimmen, ins Museum, in Ausstellungen, schlenderte durch die Stadt, was für mich eine neue Erfahrung wäre. Das Wetter ließe es vielleicht zu. Es war nicht zu kalt, Weihnachten stand vor der Tür, und alle Welt wäre unterwegs, um Geschenke einzukaufen. Ab und zu träfe ich Bekannte, die ich längere Zeit nicht gesehen hatte.

Versuch der Trennung

Als ich mir all das ausmalte, saß ich bereits im Flugzeug. Die eine und die andere Lösung waren eigentlich keine. Ich beschloss, als Psychologin war ich dafür durchaus gerüstet, mein altes Ich hervorzukramen und für den Urlaub brauchbar zu machen. Ich war allerdings in meinen Gedanken schon wieder zu Hause, aber nur, um mir vorzustellen, wie ich Mangal endgültig den Abschied erklärte.

Nach diesem gedanklich bereits vollzogenen Abschied genoss ich die vierzehn Tage, im Meer schwimmend, auf langen Spaziergängen, mit anderen Reisenden mich unterhaltend. Ich rief Mangal pflichtbewusst einige Male an, worüber ich mich anschließend ärgerte. Er sprach sogar aus, dass er sich auf meine Rückkehr freue. Das kann ja heiter werden, dachte ich.

Mangal erwartete mich mit einer Selbstverständlichkeit am Flughafen, als wäre nie die Frage formuliert worden, warum er nicht mitkomme. In der Öffentlichkeit war die herzliche Begrüßung einer Frau nicht seine Sache. Das hing offensichtlich mit den Gewohnheiten seiner Landsleute zusammen, die sie auch in Europa nicht abgelegt hatten. Innerhalb eigener vier Wände sah das natürlich ganz anders aus.

Es störte mich, dass Mangal sich so verhielt. Da keimte stets bei mir ein leiser Verdacht auf, er stehe nicht zu seiner Freund- oder Liebschaft, oder wie immer man diese Art von Beziehung auch nennen mochte.

Ich fand, dass jemand aus einem anderen Kulturkreis sich auch anzupassen habe, da er anderenfalls Gefahr laufe, Menschen, die ihm etwas bedeuteten, zu verletzen. Bei Mangal stellte sich zu diesen Themen nur Gleichgültigkeit ein. Er nahm dasjenige aus der deutschen Kultur und Gesellschaft, was er für sich im vertretbaren Rahmen ausgesucht hatte und was ihm meistens zum Vorteil gereichte. In anderen Dingen war er stur und klug genug, sich auf seine Exotenrolle zurückzuziehen. Dieses Verhalten war für mich schon so häufig ein Ärgernis gewesen. Meine Versuche, mit ihm in Ruhe und sachlich darüber zu diskutieren, torpedierte er, indem er äußerte, ihn könne niemand unter Druck setzen, das habe nicht einmal sein Vater geschafft. Damit sollte jede Diskussion beendet sein. Für mich war das nicht wenig unbefriedigend.

Er half mir das Gepäck in die Wohnung tragen. Ich wäre gern allein gewesen, um mich zu besinnen, wo ich mich befand. Darin spiegelte sich die Erkenntnis wider, dass ich diese Beziehung zu beenden hatte. Doch an diesem Abend wollte ich ihm das noch nicht sagen.

Mangal fragte, ob er einen Tee zubereiten solle. Ich wollte lieber erst meine Koffer auspacken. Das könnte dauern. Mangal setzte dennoch das Wasser auf und blieb. Mir war sehr unbehaglich zumute. Ich fühlte mich belagert, wusste auch nichts zu erzählen, da ich annehmen musste, dass es ihn sowieso nicht interessierte.

Die zärtlichen Gefühle, die ich anfänglich ihm gegenüber gehabt hatte, waren verflogen. Was geblieben war, nannte ich Gewohnheit, ein bestimmtes Gesicht wieder zu sehen, einen Dienst in Anspruch zu nehmen, ein menschliches Wesen in der Nähe zu haben.

Keine Erwartungen, keine Aussicht auf Wärme, auf nette Worte, auf Freude über die Rückkehr. Auch keine Freude auf die Zukunft. Mit ihm würde es keine Zukunft geben. Das war so außerordentlich klar, dass ich nicht einmal mehr daran dachte, es ihm zu erklären. Selten war ich mir so sicher gewesen wie heute. Mangal saß in einem der Sessel und las im „Spiegel". Ich hatte dennoch das Gefühl, dass er mich beobachtete. Ich fühlte mich nicht wohl und merkte, wie meine Bewegungen unnatürlich und steif wurden. Aber ich zwang mich, weiter die Koffer zu leeren. Dabei hoffte ich immer noch, dass Mangal gehen würde. Er dachte gar nicht daran. Er bot mir Tee an, hatte Gebäck aus einer Einkaufstüte herausgeholt und schien zufrieden zu sein.

„Lass' doch mal das Räumen", sagte er, „das kannst du doch später noch zu Ende bringen". Ich überlegte kurz, welches Verhalten das Geschickteste wäre. Ich setzte mich ihm gegenüber; brav wie ein Schulmädchen, aufrecht und mit den Händen auf dem Schoß saß ich stocksteif da. Mangal sah mich fragend an.

Auf seinem Gesicht schien ich eine Spur von Verachtung zu liegen, einen sehr kurzen Augenblick lang, in dem er sich offenbar nicht unter Kontrolle hatte. Ich konnte damit nichts anfangen.

Ich nippte an dem Tee, Gebäck nahm ich nicht. Er hatte einiges an Lebensmitteln gekauft und in den Kühlschrank gestellt. Das waren Handgriffe, die ich, trotz des offensichtlichen Mitdenkens seitens Mangal, nicht entsprechend würdigen konnte.

Für mich war er keineswegs ein fürsorglicher Mensch. Mir blieb immer die Meinung, dass alles, was er tat, nur davon bestimmt war, in irgendeiner Weise zu profitieren. Dann wieder sagte ich mir, ich kennte ihn viel zu wenig, um ein abschließendes Urteil zu fällen. Er kam um den Tisch herum, fasste mich an den Händen und sagte: „Komm, ich massiere dich ein wenig, du bist bestimmt verspannt nach dem Flug."

„Das ist nicht nötig, danke, mir geht es gut", war meine Antwort. Er versuchte es mit einem anderen Argument. „Komm, lass uns eine Partie Schach spielen, und vorher massiere ich dich, dann spielst du besser."

Er ließ sich selten herab, mit mir Schach zu spielen, weil er Frauen dieses Spielvermögen nicht zutraute und es somit unter seinem Niveau war. Er bemerkte, dass er mich mit diesen Sonderangeboten nicht ins Schlafzimmer bringen konnte.

„Ach, weißt du was, ich bin eigentlich nur müde, ich habe heute so lange gearbeitet und würde gern eine Runde schlafen."

„Mach' doch", sagte ich, nicht ahnend, was ich damit angerichtet hatte. Er ließ meine Hände abrupt los. Sein Fuß traf meinen Sessel so, dass der sich ein Stück seitlich nach hinten bewegte.

„Du Hure hast wohl einen Mann kennen gelernt. Bestimmt war alles vorher abgesprochen. Gut, dass ich nicht mitgeflogen bin."

Dann fluchte er in seiner Muttersprache eine Reihe von Sätzen, schnappte seine Lederjacke, zündete sich eine Zigarette an, öffnete die Wohnungstür und zog sie mit lautem Knall hinter sich zu.

Misslungener Besuch im Landhaus

Ich saß wie betäubt in meinem Sessel. Wie kam dieser Mensch dazu, so mit mir zu sprechen. Wovon war der denn besessen. Dann überlegte ich tatsächlich, ob ich etwas falsch gemacht haben könnte. Immer auf der Suche nach der korrekten Verhaltensweise, da man ja auf die Gewohnheiten von Menschen fremder Nationalität Rücksicht zu nehmen hatte - so zumindest hatte ich das von meinen Eltern gelernt - um diese nicht im Exil an ihren empfindlichen Stellen zu treffen, saß ich auch dieses Mal da und fragte mich nach meinem Anteil am Desaster.

Einerseits wollte Mangal wie ein europäischer Mann behandelt werden, andererseits verweigerte er grundsätzliche Verhaltensweisen, die ein Zusammenleben von Mann und Frau in Europa nun einmal kennzeichneten.

Ich bin wohl verrückt, dass ich mir noch die Schuld zuschreibe an seiner Frechheit. Der ist eindeutig krank. Umso besser und schneller werde ich diese Beziehung abschließen können, dachte ich, immer wütender werdend. Ich beruhigte mich erst, nachdem ich alle Spuren der Reise getilgt, einen Teil der Wäsche in der Waschmaschine, die Teegläser gespült und eine Musikkassette eingelegt hatte. Ein halbes Jahr des Chaos' reicht mir, dachte ich, ich muss mein Gleichgewicht wiederfinden. Dann ging ich schlafen und erinnerte mich am Morgen an keinen Traum, auch nicht an einen Alptraum.

Trotzdem hatte ich anderntags Mühe, mich auf meine Patienten zu konzentrieren, die mich mit Komplimenten bedachten wegen meines guten Aussehens. Wenn Ihr wüsstet, dachte ich, ich glaube, dann hätte ich keine Patienten mehr. Es fiel mir schwer, an diesem Tage den Menschen zuzuhören, die zu mir gekommen waren, weil sie auf Hilfe hofften. Das Bild, das ich von mir gehabt hatte, war stark ins

Wanken geraten. Doch war ich ehrlich genug, mich auf neu entdeckte eigene Wesenszüge einzulassen. Aber an diesem Tag hätte ich gern ein schönes Tuch über den Spiegel gehängt, der mir ein solches Bild entgegenhielt.

Am frühen Nachmittag rief Mangal mit der Absicht an, sich mit mir zum Abendessen zu verabreden. Er war gut gelaunt, sprudelte vor Unternehmungslust und nahm wie selbstverständlich meine Zustimmung schon voraus. Ich kam gar nicht dazu, mich gegen seinen Plan auszusprechen, da hatte er schon wieder aufgelegt.

Recht kühl in meinen Gedanken berechnete ich, wie viel Zeit ich benötigen würde, um ihm meinen Entschluss zur Trennung mitzuteilen. Ich durfte ihm keine Zeit für Interventionen lassen. Alles hatte überfallartig zu geschehen, sonst würde er mit einem Märchen aus Tausendundeiner Nacht aufwarten, und ich hätte verloren.

Auf dem Nachhauseweg legte ich mir einen Plan zurecht. Ich würde ihn gar nicht mehr in die Wohnung lassen. Seine Sachen, die er so gern bei mir zurückließ wie andere einen Koffer in Berlin, würde ich bündeln und ihm an der Tür überreichen. Ich ahnte, dass es nur auf diese Weise geschehen konnte. Ich wusste, dass es eine weit reichende Entscheidung war, die ich traf. Sollte ich mich hier an diesem Abend nicht durchsetzen, bedeutete das eine Endlosschleife mit immer neuen Versuchen seinerseits.

Im Augenblick hatte ich für mich den Vorteil ausgemacht, dass er eigentlich ein schlechtes Gewissen wegen seines Verhaltens haben müsste. Und diese kleine Unsicherheit war zu nutzen.

So bereitete ich mich nicht auf einen abendlichen Ausgang vor, sondern sammelte die Dinge, die ihm gehörten, wie Musikkassetten, Spiegel, einen Pullover, eine

Zahnbürste, ein paar Turnschuhe, einen Sack Reis, packte diese in eine große Plastiktüte und stellte sie in den Flur nahe der Eingangstür. Ich trug einen bequemen Hausanzug und fühlte mich wohl, wenn ich an meine Zukunft dachte, die dieser Mann nicht mehr durcheinander bringen würde.

Als es unten an der Haustür klingelte, drückte ich auf den Summer und ließ Mangal ins Haus. Es war nicht so, dass ich kein Herzklopfen verspürte. Ich war nur festen Willens, das an diesem Abend durchzustehen. Der Fahrstuhl hielt auf meiner Etage. Durch den Spion sah ich, vergrößert und verzerrt, sein Gesicht.

Er klopfte leise an die Wohnungstür. Ich öffnete einen Spalt und blieb in dieser Öffnung stehen, als hätte ich etwas zu verteidigen, und das hatte ich ja auch.

„Darf ich nicht hereinkommen", fragte Mangal mit seinem charmantesten Lächeln.

„Nein", sagte ich, „ich habe es mir anders überlegt. Ich gebe dir deine Sachen, und dann möchte ich dich nicht wiedersehen."

Das Lächeln auf seinem Gesicht blieb, jedoch mit einem leichten Ausdruck von Ungläubigkeit. „Warum", fragte er.

„Ich möchte darüber nicht diskutieren, es handelt sich um einen Entschluss", antwortete ich. Da hatte er mich bereits in die Wohnung gestoßen und die Tür geschlossen.

„Was soll das", rief er aufgebracht. „Wahrscheinlich bist du nicht allein, und ich bin zu früh gekommen."

Er schleuderte seine Schuhe in eine Ecke und sah sich in der Wohnung um. Er war außer sich. „Ich habe doch gleich gewusst, als du allein in Urlaub gefahren bist, dass etwas dahinter steckt", schrie er mir entgegen. Ich war sprachlos. Das nahm Mangal sofort als Geständnis.

„Bevor du weiter schreist", sagte ich dann mit ruhiger Stimme, „in meiner Wohnung gibt es für dich nichts mehr zu gucken. Und auch nicht zu reden. Ich werde meine Zeit nicht weiter mit dir verschwenden. Deine Sachen stehen im Flur, und ich bitte dich zu gehen."

Mangal zog seine Jacke aus und legte sie über die Sessellehne. Du armer Kerl, dachte ich, jetzt weißt du nicht, wie du dich aus der Affäre ziehen sollst.

„Aber einen Abschieds-Tee wirst du mir doch anbieten, oder?"

Ich überlegte kurz, ob das strategisch gut sei und beschloss, mich darauf einzulassen. Ich ging in die Küche. Ich spürte seine Blicke in meinem Nacken und fühlte mich wieder einmal unwohl. Mit einem vollen Tablett ging ich zurück ins Wohnzimmer. Mangal hatte sich eine Zigarette angezündet, die er offensichtlich nicht auf dem Balkon zu rauchen gedachte. Oft hatte ich gesagt, dass das nicht nötig sei. Aber ausgerechnet heute rauchte er in meinem Wohnzimmer, so als wollte er noch mal ein paar Spuren extra hinterlassen.

Ich setzte mich und wartete ab. Er bediente sich mit dem Tee. Er rührte den Würfelzucker hin und her, bis der sich aufgelöst hatte.

„Warum hast du mir nicht gesagt, dass du jemanden kennen gelernt hast", fragte er schließlich, ohne mich dabei anzusehen.

"Selbst wenn es so wäre, ginge es dich nichts an", rang ich mich durch zu sagen und versuchte sachlich zu bleiben. „Aber warum soll ich dann gehen", fragte er. Ich hörte an dem Ton seiner Stimme, dass dahinter viel mehr Fragen als nur die eine standen. „Weil es mit uns keinen Sinn hat", gab ich zurück. „Das ist doch keine Beziehung, was wir da versuchen. Es ist noch weniger als nebeneinander her zu leben, oder wie würdest du das nennen? Ist das deiner Meinung nach eine gute Beziehung? Du kommst und gehst, wann du willst; du spielst deine Launen vor mir aus, du lässt mich allein verreisen, du fährst am Wochenende auch nur ganz selten mit, im Bett haben wir auch noch nicht zueinander gefunden. Worauf soll ich denn warten, deiner Meinung nach", fragte ich schnell und fügte hinzu: „egal, ich habe es mir ganz anders vorgestellt und will so nicht weitermachen. Außerdem stört mich deine Eifersucht so stark, dass schon allein aus diesem Grunde keine Fortsetzung geben kann. Es gibt keine Kontinuität und keine gemeinsame Perspektive."

„Bist du jetzt fertig", fragte Mangal. „Wir kennen uns gerade ein halbes Jahr, was erwartest du, sollen wir heiraten?"

Ich wusste natürlich, dass das eine rhetorische Frage war, und hütete mich, darauf einzugehen.

„Ich suche einen Mann, dem ich vertrauen kann und der mir vertraut, einen, der meine Interessen teilt - es müssen nicht alle sein, aber einige. Ich hätte gern einen Mann, der sich für mich interessiert und nicht nur mit mir ins Bett gehen möchte. Ich möchte irgendwann mit jemandem zusammen wohnen und das Leben im wahrsten Sinne des Wortes teilen."

Die Augen, die mich einmal so fasziniert hatten, schauten mich an, als forderte ich gerade das Glück heraus. „Ich bin nicht wie die deutschen Männer, die gleich heiraten und dann wieder verschwinden", fiel ihm ein. „Außerdem möchte ich eine richtige Familie. Dafür benötige ich jedoch die finanzielle Basis. Die habe ich noch lange nicht. Ich habe so viel Geld in mein Land zu meiner Familie geschickt, das muss ich erst wieder verdienen."

„Ja, gut", sagte ich, „also passt das alles nicht zusammen. Außerdem bin ich deiner ständig wechselnden Gefühle wegen sehr verunsichert. Mein Beruf leidet schon darunter. Da sollte ich lieber wieder so leben wie vor der Zeit, als ich dich kannte. Ich vermisse Wärme und Zuneigung. Ich will mich auf meinen Partner verlassen können. Ich will kein Aushängeschild sein, nur eine Frau, die liebt und geliebt wird. Und die Frage des Kinderkriegens ist bei mir seit ein paar Jahren keine offene Frage mehr."

Meine Worte kamen mir selbst seltsam vor, wie wirkten sie erst auf Mangal. Er verhielt sich ganz still. Dann sagte er: „Dafür bin ich nicht der richtige. Ich werde jetzt gehen und darüber nachdenken."

Ich war sehr angetan von der Art, wie er das sagte. In dem Moment fiel mir nicht auf, dass er auf diese Weise die endgültige Verabschiedung umschifft hatte.

Das wurde mir erst bewusst, als ich hinter ihm die Tür schloss und mein Blick auf die Tüte mit seinen Sachen fiel. So ein Mist, dachte ich, verpasste Gelegenheit. Er war beim Gehen sehr nett, fast zärtlich zu mir gewesen.

Über die Ordnung und das Chaos

Ich fragte mich, ob ich mich trennen sollte, solange keine Nachfolge in Sicht war. Irgendwie hatte ich mich an ihn gewöhnt. Wir hatten doch schöne Zeiten gehabt, waren diese auch selten im Vergleich zu den anderen, den anstrengenden und denkwürdigen Auseinandersetzungen mit unschönen Worten, zu denen auch ich mich hatte hinreißen lassen. In Gesellschaft war er immer darauf bedacht, im Mittelpunkt zu stehen.

Ich hatte es endlich gewagt, einen Teil meiner Bekannten und Freunde mit ihm zusammen zu bringen. Wie er aufgenommen wurde, war sehr unterschiedlich. Die einen hielten ihn für einen naiven Unterhalter, die anderen für ein intelligentes Schlitzohr.

Dass er inzwischen ein eingebürgerter und damit deutscher Staatsbürger war, wollte man kaum glauben. Mangal war damit beschäftigt, einen guten Eindruck bei meinen Freunden zu hinterlassen, jedoch nicht um den Preis, dass man ihn um seinen Spaß bringen würde.

Er hatte in dem halben Jahr seiner Bekanntschaft mit mir seine deutsche Sprache sehr verbessert, wie er selbst feststellte. Das freute ihn und bestätigte ihn in der Ansicht, die er von sich hatte, nämlich gut in diesem Land zurecht zu kommen. Ich beobachtete die Annäherungen Mangals an meine Freunde mit Zweifel. Es ergaben sich jedoch nur selten Anknüpfungspunkte, aus denen Verabredungen wurden, in die Mangal einzubeziehen war.

Irgendwie tat mir dieser Mann auch leid. Er war wie ein großes Kind, das sich unverstanden und ungerecht behandelt fühlte. Er schien ein einsamer Mensch zu sein. Und ich mit all meinem Psychologenkram im Hinterkopf war plötzlich von Ehrgeiz gepackt, diesen „Fall" lösen zu wollen. Was ich dabei vergaß, waren meine Gefühle und dass ich dadurch abhängig und nicht distanziert genug sein würde.

Es war an einem der folgenden Wochenenden, als Mangal unverblümt mit einem Wunsch auf mich zukam. „Ich würde gern den Samstag und Sonntag mit dir in deinem Wochenendhaus verbringen", schlug er vor. „Sag mir vorher nur, was für Wanderschuhe ich kaufen soll."

Ich war hin- und hergerissen. Ich wusste wirklich nicht, ob das nun für mich ein Grund zur Freude sein sollte oder nicht. Mangal bestand darauf, dass wir mit nur einem Wagen fuhren. Wir nahmen meinen Wagen. Die Wettervorhersage ließ mich an ein schönes Winterwochenende glauben.

An den Tagen oder Stunden, die wir mehr oder weniger harmonisch erlebten, vergaß ich meinen Wunsch, Mangal zu verlassen. An manchen Tagen hatte sich dieser Wunsch schon so übermächtig gezeigt, dass ich kaum noch die Zeit abwarten konnte, es ihm zu sagen. Merkwürdigerweise kam es nicht dazu. Und jetzt sollten wir ein ganzes Wochenende miteinander verbringen.

Mangal hatte eingekauft, wie um eine Großfamilie zu beköstigen. Die zahlreichen Plastiktüten, aus denen Gemüse und Obst aller Art herausragte, wurden im Kofferraum verstaut; der Reissack, das Brot, die Süßigkeiten, auf die er nie verzichtete, Melonen und Riesensträuße von Petersilie, nicht zu vergessen das Fleisch, alles fand seinen Platz. Ich fühlte mich wieder einmal belagert.

Wo Mangal war, fand einfach Belagerung statt. Und die Unordnung stellte sich von ganz allein ein. Für mich war das eine Herausforderung in meinem Einpersonenhaushalt. Ich hatte mir jedoch vorgenommen, es zu ertragen, schon um mich zu testen, wo die Grenzen des Erträglichen lagen. So ließ ich ihn gewähren, in der Küche, im Wohnzimmer, im Schlafzimmer. Und auch im Badezimmer. Wie ein einzelner Mensch in derart kurzer Zeit ein solches Chaos verursachen konnte, blieb mir ein Rätsel. Nachdem das Auto leer geräumt und die Tüten zusammenge-faltet einen vorläufigen Platz gefunden hatten, machten wir, das ungleiche Paar, uns auf den Weg in den Wald.

Schnee lag nicht nur auf den Wegen, auch der Waldboden war bedeckt. Noch wa-ren keine Fußspuren sichtbar. Das war für mich immer von besonderer Bedeutung gewesen, wenn ich als erste meine Abdrücke hinterlassen konnte.

Mangal erprobte seine neuen Wanderschuhe. Er hielt tapfer Schritt, obwohl er we-gen seines starken Rauchens ein wenig kurzatmig war. Ich hing meinen Gedanken nach und sprach nur wenig. Mangal an meiner Seite erzählte von einer Fahrt mit dem Jeep durch Armenien in einem der strengen Winter, bei dem er und sein Va-ter beinahe umgekommen waren. Er erzählte sehr plastisch mit vielen Ausschmü-ckungen, die Umwege bedeuteten, um endlich zum Kern der Geschichte vorzu-dringen.

Ich versuchte mir diese Welt vorzustellen, aus der er gekommen war und die so weit weg schien, als hätte er bereits ein anderes Leben gehabt und lebte nun ein zweites, unfreiwillig und mit dem Bedauern desjenigen, der immer einem be-stimmten Traum nachhängt.

So war der Wald, in dem wir jetzt gingen, ein Wald der Zivilisation, auch der Schnee war nur ein Abklatsch des Schnees in den armenischen Bergen. Die Tem-peraturen reichten kaum, um eine dicke Jacke anzuziehen und anschließend nicht unter der Hitze zu leiden. Aber er schien froh, sich bewegen zu können. Sein rechtes Bein schmerzte seit einiger Zeit häufiger. Eine Knochenentzündung im Schienbein aus Kindertagen war wieder ausgebrochen. Er wusste, er würde um eine Operation nicht herumkommen. Aber er schob das in die nahe Zukunft.

Ich fragte mich manchmal, warum mich das Schicksal dieses Mannes immer wieder berührte wie kein anderes bisher. Es war eine so unvorstellbar andersartige Welt, aus der Mangal hervor gekommen war, dass ich mich ernsthaft fragte, wie jemand hier überleben konnte, wenn er diese Zeitreise durchlebt hatte.

Er sprach inzwischen meine Sprache, aber er hatte ganz andere Bilder im Kopf; er lebte mit anderen Wertvorstellungen, aß andere Speisen, richtete seine Wohnung nach vermeintlich europäischem Standard ein. Für mich sah es jedoch so aus wie ein Versuch, die Errungenschaften einer Wohnkultur in Räume zu holen, die ihm nicht als Identifikationsort dienten, sondern nur demonstrieren sollten, dass er in Europa lebte.

Im Grunde benötigte er nur einen schönen Teppich, auf dem er sitzen konnte, eine Kochstelle, einen niedrigen Tisch, eine Matratze, Decken, ein Radio und ein wenig Licht sowie fließendes Wasser.

Mangal verfügte aber über einen Kühlschrank, ein Bügelbrett, eine Sitzgarnitur, einen Kleiderschrank, eine Hifi-Anlage, ein Regal mit Büchern, einen Fernseher, diverse Grünpflanzen und Bilder an den Wänden, schief aufgehängt. Er besaß ein Badezimmer mit Badewanne und Toilette, einen Balkon und einen Computer mit Drucker, und er besaß Visitenkarten.

Ich hatte gesehen, dass er nicht hineinpasste in diese Welt. Ich wünschte mir inzwischen ganz selbstlos, dass er den Weg in sein Heimatland irgendwann wieder finden würde. Er war verloren, so sehr er sich auch bemühte, richtig Fuß zu fassen. Ich wusste eigentlich, dass dies der Grund war, warum ich ihn nicht einfach losließ. Seine Zerrissenheit lag klar vor meinen Augen. Das hatte er nicht verdient, hier unterzugehen, sagte ich mir. Und ich sah ihn in Gefahr.

Aber jetzt schritt er fest an meiner Seite, der Mann. Er ist auch sehr tapfer, fiel mir ein. Ich erwischte mich immer wieder bei solchen Gedanken. Ich nahm seinen Arm und suchte seine Hand.

Kurze Zeit gingen wir Hand in Hand durch den Wald. Beide schienen wir zufrieden zu sein. Warum konnte es nicht immer so sein. Was fehlte an anderen Tagen, fragte ich mich.

In dem Moment blieb Mangal stehen, um sich eine Zigarette anzuzünden. Dann gingen wir weiter. Ich verstand nicht, warum das Rauchen eine Notwendigkeit war, selbst bei solchen Gängen durch die Natur, verzichtete jedoch auf einen Kommentar.

Auf unserem Weg, den ich ausgesucht hatte, gab es einige leichte Steigungen. Mangal verlangsamte seine Schritte. Ich versuchte mich darauf einzustellen, was mir schwer fiel. Zu lange war ich allein durch die Wälder und über die Felder gestreift, um einen fremden Schritt nachempfinden zu können.

Ich hatte plötzlich den Eindruck, dass der Mann mit Absicht zurückblieb. Ich sah mich um und stellte an seiner Miene fest, dass es ihm gar nicht gefiel, hinter mir zu gehen. Ich wartete, bis er auf meiner Höhe war und versuchte mich an seinen Schritt anzupassen. Mangal war ziemlich außer Atem, tat alles, um das nicht zeigen zu müssen. Ich begann zu erzählen, um ihn abzulenken; aber seine Stimmung war bereits verdorben. Das kannte ich, das ging sehr rasch vonstatten. Hier half kein noch so interessantes Thema mehr. Er würde in seiner Laune verharren.

Wenn ich Glück hatte, würde sich das am späten Nachmittag legen. Wir gingen nun stumm nebeneinander, und ich war traurig, weil es nicht meine Absicht gewesen war, ihm vorzuführen, in welch guter Kondition ich mich befand.

Das Sonnenlicht erreichte nicht mehr die Waldwege, als wir uns auf unserem Rundweg wieder dem Dorf näherten. Mangal hatte nichts mehr gesagt; vielleicht überwog bei ihm die Freude darüber, dass er einen solchen Weg trotz seines schmerzenden Beins hatte gehen können.

Als wir zu Hause angekommen waren, fragte er mich, ob ich einen Tee mittrinken würde. So schien alles wieder im Lot zu sein. Ich atmete auf. Die erste Runde war geschafft. Wir schälten uns aus unserer Winterkleidung und stellten die Schuhe zum Trocknen in den Flur, gut mit Zeitungspapier ausgestopft. Mangal protestierte nicht gegen dieses Vorgehen, hatte allerdings zur Notiz genommen, dass ich mich auch seiner Schuhe bemächtigte. Er ließ es geschehen.

Mangal servierte den Tee im Wohnzimmer; er brachte Gebäck. Das war das einzige an Übereinstimmung, was zwischen einem Armenier und einer Deutschen ohne Worte möglich war, dachte ich. Für mich war dieses Beispiel so simpel und doch so vielsagend, dass ich es immer wieder gern erwähnte. Es ging höchstens noch darum, wer den Tee besser zubereitete und vor allem, um welche Sorte es sich handelte. Der Wettbewerb nahm nie ein Ende, ein denkwürdiges Spiel.

Ich hatte mir ein Buch aus dem Regal genommen, Mangal las seinen „Spiegel" zu Ende. Dann legte er Musik auf und teilte kurz mit, er würde jetzt mit den Vorbereitungen für das Essen beginnen. Er ging in die Küche, und ich hörte ihn mit Töpfen und Tellern klappern.

Es war ein wohltuendes Geräusch: jemand in meiner Küche kümmerte sich um mein leibliches Wohl. Er sang zu der Musik, die er aufgelegt hatte, nicht ohne mich zu fragen, ob mir das recht sei. So könnte es bleiben, befand ich. Ich genoss es, im Sessel zu sitzen und zu lesen, im Wissen, dass ich nicht allein war und später mit Mangal am Tisch sitzen und mit ihm gemeinsam genießen würde, was er zubereitet hatte. Warum trennte uns so vieles. Was brauchte der Mensch alles und konnte nicht darauf verzichten, auch nicht um den Preis eines harmonischen Zusammenlebens. Es war so unverständlich für mich. Dann wieder wusste ich genau, was mir fehlte und worin diese Beziehung Mangel vorwies.

Es war nicht nur das Selbstverständnis von Mann und Frau in ihrer Rolle. Es war vielmehr das Unvermögen Mangals oder sein Unwille, sich auf die europäische Kultur einzulassen. Sie wurde von ihm disqualifiziert, noch ehe er sie kennen gelernt hatte. Er war aber bemüht, zu erklären, was aus seinem eigenen Kulturkreis stammte und woran er festhielt.

Er sagte, er sei nicht religiös, wurde es aber in dem Moment, wo ich ihm klarzumachen versuchte, was ein Agnostiker war. Gottlos wollte er nun auch nicht sein, durfte er auch nicht; irgendwann würde er in seine Heimat zurückkehren und dann durfte er nicht ganz vom Weg abgekommen sen. Das war auch mir klar, obwohl ich ihn mir kaum noch in Armenien vorzustellen vermochte. Was sollte er dort anfangen. In einem Land, in dem seit mehr als zwanzig Jahren nur Unruhe und Verfolgung herrschten. Selbst seine Generation, die noch in den siebziger Jahren die Liberalisierung miterlebt hatte, kannte seitdem nichts anderes.

Mangal war es hier gewohnt, seine Meinung frei sagen zu können, ohne ins Gefängnis zu wandern. Er konnte sich kleiden, wie er es bestimmte. Er konnte beten oder auch nicht; er ließ sich einen Bart wachsen oder auch nicht. Natürlich hing er Träumen nach. Er roch die Blüten seiner Kindheit, das klare kalte Wasser der Flüsse; sah die Weintrauben reifen, die Früchte der Maulbeerbäume. Er liebte das Rot der Granatäpfel und suchte diese Farbe überall. Er träumte von den riesigen Wassermelonen, die man über den Winter bringen konnte, indem man sie im Schnee vergrub. Er suchte die dunklen, geheimnisvollen Mädchen seiner Jugend; er erinnerte sich an die Spiele mit den Cousinen und ahnte die zu Hause in der Familie abgegebenen Heiratsversprechen.

In seinem Traum erschienen ihm verheißungsvoll die glühendschwarzen Augen der jungen Frauen, die ergebenen Handreichungen der erwachsenen Frauen und der Schwestern, die den Brüdern zu dienen hatten. Er lobte die mannhafte körperliche Stärke und ebenso die geistige Stärke seines Vaters, den er mit vielen Geschwistern zu teilen hatte.

Obwohl mir all dies fremd war, verstand ich doch genau, wonach Mangal sich sehnte. Und nur aus diesem Grunde hatte er immer noch nicht und würde er auch nicht Fuß fassen können in diesem Land.

Aber was sollte ich mit ihm anfangen, was nicht von vornherein zum Scheitern verurteilt war. Diese Frage würde unbeantwortet bleiben, leider.

Meine Gefühle deutete ich an manchen Tagen als rein mütterliche. Das war jedoch nicht im Sinne Mangals. Er geriet sehr schnell in die Position des eifersüchtigen Mannes, ohne diese Rolle jedoch richtig ausfüllen zu wollen. Da waren nach außen hin sichtbar die Besitzansprüche, die im inneren Verhältnis aber nicht ihren Gegenwert zeigten.

Dafür kritisierte er mich viel zu viel. Er war im Grunde nicht einverstanden mit der Tatsache, dass ich eine unabhängige und damit möglicherweise auch von ihm unabhängige Frau war. Andererseits erleichterte genau diese Tatsache auch Mangal den Alltag. Ich erwartete ihn nicht täglich, was ihm sehr wohl gefiel, da er an diesen Tagen nicht Rechenschaft abzulegen hatte für sein Tun oder sein Lassen, für seinen Zustand oder seine Launen. Seinen zahlreichen Freunden gegenüber blieb er der Junggeselle, der zwar mit einer deutschen Frau liiert, aber weil diese eben eine deutsche Frau war, trotzdem sein Eigenleben führen konnte.

Eigentlich hätten alle zufrieden sein können. Warum das letztlich nicht so war, verstand ich am wenigsten. Aus der Küche erreichte mich der Ruf Mangals mit der Bitte, den Tisch zu decken, da das Essen bald fertig sei. Ich begann damit, öffnete eine Flasche Rotwein und füllte zwei Gläser. Mangal trug auf und war guter Laune, da ihm offensichtlich gelungen war, was er sich vorgenommen hatte. Wir genossen dann, was uns aus den Schüsseln entgegendampfte.

Er hatte sich das Haus noch nicht angesehen, und er zeigte auch kein besonderes Interesse an der Ausstattung. An einigen Fotos waren indes seine Augen hängen geblieben, Fotos, auf denen ich mit Freunden zu sehen war, auch mit Männern.

Ich richtete die Küche wieder her, während er ins Wohnzimmer hinüber gewechselt war. Er rief mir zu, er würde gern eine Runde schlafen. Ich nahm das zur Kenntnis. Singend ging er in mein Schlafzimmer.

Es dauerte jedoch nicht lange, da stand er in der Tür zum Wohnzimmer und spielte den Frierenden. Für ihn sei das Haus sehr kalt; auch das Bett müsse erst langsam durchgewärmt werden. Für sein Bein sei das keine gute Sache; so bat er um eine Wärmflasche. Ich lachte ihn aus, während ich das Wasser dafür erhitzte. Er stand mit nackten Füßen auf dem gekachelten Küchenboden.

„Kein Wunder, dass dir kalt ist", sagte ich. „Zieh dir doch die Hausschuhe an, da stehen einige zur Auswahl im Flur." Er zeigte sich dazu nicht bereit. „Wer weiß, wer die schon getragen hat", sagte er. „Die ziehe ich jedenfalls nicht an." Eigentlich hat er ja Recht, dachte ich, sagte dies allerdings nicht laut. Ich reichte ihm die Wärmflasche. Er trat nahe an mich heran und bat mich, doch auch ins Schlafzimmer zu kommen. „Mal sehen", sagte ich.

Es schneite von neuem, obwohl es kälter geworden war. Mangal schüttelte sich und huschte zurück ins Schlafzimmer. Ich hätte auch gern Siesta gemacht, mich mit dem Mann unter eine Decke gelegt. Da ich aber damit zu rechnen hatte, dass er mit mir schlafen wollte, befand ich mich in einem Zwiespalt. Zwiespalt, dachte ich, dieses Wort könnte eine Schöpfung von mir sein, da es mein Leben in den vergangenen Monaten beschrieb.

So viele Wechselbäder in derart kurzen Abständen waren mir bisher fremd gewesen. Jetzt hatte ich mich fast täglich darauf einzustellen. Längst war mir klar, dass ich das weder wollte noch konnte.

Meine Lebenslinie war ziemlich gerade verlaufen, konzentriert auf ein jeweils zu erreichendes Ziel. Und dieser Mann war um mich herum irrte selbst ziellos durch die Gegend und verstellte mir den Weg. Dazu hatte er nicht das Recht. Ich sah keine Bewegung mehr nach vorn, nur rückwärts und zur Seite.

Nach dem Genuss des Rotweins kroch die Müdigkeit in mir hoch. Ich stand vor der Tür zum Schlafzimmer und hörte Mangal schnarchen. Das war auch noch so eine zusätzliche Qual, ja eine Folter, der ich mich nicht aussetzen wollte. Dennoch öffnete ich vorsichtig die Tür und schlich wie ein Dieb in mein eigenes Schlafzimmer, darauf bedacht, Mangal nicht zu wecken.

Ohropax hatte ich griffbereit, und so gelang es mir, mich unbemerkt von Mangal in die freie Betthälfte zu legen. Ich musste wohl eingeschlafen sein. Ich wurde durch eine heftige Bewegung und laute Rufe geweckt. Ich blinzelte in die Richtung, aus der das zu kommen schien und sah, wie Mangal sich bemühte, aus einem der Fenster zu sehen. Draußen dämmerte es. Heftiges Schneetreiben spielte sich vor den Fenstern ab, was auf Mangal eine große Faszination auszuüben schien.

„Komm, wir gehen raus", rief er, „das habe ich lange nicht erlebt!"

Ich wäre lieber wieder in die Kissen gesunken, ließ mich dann aber von Mangals Begeisterung anstecken. Mehr als dreißig Zentimeter Schnee hatten sich spurenfrei und ebenmäßig vor das Haus gelegt.

Auf der Dorfstraße war es sogar schon zu Verwehungen gekommen. Gerade fuhr der offensichtlich erste Streuwagen dieses frühen Abends vorbei. Mangal war gut verpackt hinausgegangen, hüpfte wie ein Kind hin und her und warf mit Schneebällen nach mir, als ich aus dem Haus trat.

Wir tobten eine Weile ausgelassen, bis es ihm einfiel, aus sich einen Schneemann zu drehen. Ich hatte die ehrenvolle Aufgabe, ihn, der mit am Körper liegenden Armen auf dem Schnee lag, solange zu rollen, bis nur noch der Kopf und die Füße darauf hin deuteten, dass es sich um einen lebenden Schneemann handelte.

„Leider habe ich keinen Film im Apparat", sagte ich, „das wäre doch mal ein seltenes Foto." Dann half ich ihm, sich aus dem Schneemantel zu befreien. Wir schüttelten unsere Kleider aus und gingen zurück ins Haus. Mangals Augen glänzten wie Kinderaugen, bis ihn etwas reizte und zum Niesen brachte. Er besann sich, zog ein Paar der bereitstehenden Hausschuhe an und begab sich in die Küche. Bald darauf hörte ich das Teewasser kochen. Ich dachte bei mir, dass ich keinen Grund habe, der bestehenden Harmonie zu misstrauen. Ich versuchte, ein lockeres Verhalten aus mir heraus zu holen, stellte jedoch ehrlicherweise fest, dass es nicht einfach war. Ich folgte ihm in die Küche. Als ich ihn so mit den mir vertrauten Gegenständen hantieren sah, überkam mich mit einem Mal das Gefühl, dass vielleicht doch nicht alles verloren war. Ich stellte mich neben ihn und legte den Arm um seine Taille. Ich fühlte die Wärme unter dem dünnen Baumwollstoff, aus dem der Hausanzug geschneidert war. Im selben Augenblick war mir klar, dass ich lediglich auf diese Wärme aus war und von freundschaftlichen Gefühlen erfasst wurde.

Er ließ sich nicht beeindrucken, blieb mit dem Zubereiten des Tees beschäftigt und sang leise vor sich hin.

Plötzlich wandte er sich mir zu, sah mir in die Augen, während er seinen Gesang nicht unterbrach. Ich nahm wahr, dass er sich in einer rührseligen Stimmung befand. Auf seinen Augen lag ein seltsamer Glanz, als er versuchte, mir den Text des Liedes zu übersetzen. Er war enttäuscht, da ihm das nicht so gelang, wie er erhofft hatte und schrieb das der armseligen deutschen Sprache zu, die eben nicht die entsprechenden Ausdrücke enthielte, um ein solch poetisches Lied wiederzugeben. Es folgte ein Loblied auf die armenische Dichtung und Sprache.

Ich hatte bei anderen Gelegenheiten schon versucht, ihm klarzumachen, dass es nicht an der mangelnden Ausdrucksfähigkeit aus dem Fundus des deutschen

Wortschatzes, sondern allein an seinem Sprachvermögen liege, was Mangal natürlich nicht gelten ließ. Im Gegenteil, als er bemerkte, dass seine Aussagen mich ärgerten, wiederholte er häufiger seine These. Ich, die ich mich gern auf das Erlernen einer weiteren Sprache einlassen wollte, hatte zu Beginn unserer Bekanntschaft den Versuch unternommen, in einer Sprachenschule einen Lehrer für Armenisch zu finden, was mir auch gelungen war. Nachdem Mangal jedoch festgestellt hatte, dass es sich bei diesem Lehrer um einen gut aussehenden und gebildeten jungen Mann handelte, betrieb er mit allen Mitteln die Verhinderung dieses Unterrichts. Ich hatte das zunächst gar nicht als bewusstes Eingreifen seinerseits gedeutet, wenn er ausgerechnet an diesen Tagen etwas Wichtiges mit mir vorhatte. Ein derartiger Gedanke war mir so fremd.

Aber als sich die Anlässe häuften und er eines Abends, als er mich abholte, abfällige Bemerkungen über den Lehrer losließ, wurde mir das schlagartig klar. Von da an hatte ich nur die Wahl, seine Eifersucht hinzunehmen oder auf den Unterricht zu verzichten. Der Verzicht schien mir damals der einfachere Weg, da ich insgeheim hoffte, er, Mangal, würde mein Lehrer werden.

Ich war nicht nachtragend und vergaß auch häufig, woran ich schon gelitten hatte. Das machte sich Mangal zunutze, natürlich. Wobei er wirklich in vielen Dingen und bei vielen unterschiedlichen Gelegenheiten über einen siebten Sinn verfügte. Auf diese Weise ausgestattet, war er bisher äußerlich gut durchs Leben gekommen. Die kindliche Seele holte er häufig zur Unterhaltung vermeintlich schwerfälliger deutscher Seelen aus seinem Versteck. Das war sehr ansteckend, und ich beobachtete, wie es ihm in kürzester Zeit gelang, die Menschen um sich herum mitzureißen.

Das Unangenehme an solchen Situationen war, dass er sich hinter dem Rücken meiner Freunde über diese lustig machte. Dieses zu erkennen, erlaubte er jedoch nur mir. Mir war unbehaglich zumute in solchen Minuten. Mir kam es immer vor wie eine Prüfung, die er mit mir veranstaltete, um zu sehen, ob ich fähig sein würde, ihn zu „verraten". Dahinter stand zweifellos die Frage, wer für mich wichtiger sein würde, meine Freunde oder er, Mangal. Wenn ich ihn auf sein Verhalten ansprach, fand er mich einfach nur humorlos. So unvermittelt, wie er den Gesang aufgenommen hatte, beendete er ihn auch. Er saß im Schneidersitz auf dem Teppich, ich hatte auf einem Sessel Platz gefunden. Mangal war wieder ganz weit entfernt; wo er sich aufhielt, war nicht zu erraten. Ich nahm eine Unruhe an ihm wahr, die nicht zu der Situation passte, in der wir uns befanden.

Abgetrennt von den Aktivitäten und dem Leben der Großstadt, in einem verschneiten Dorf. Die Stille war unüberhörbar. Der Mann schaute ab und zu auf seine Armbanduhr. Er schaltete irgendwann den Fernseher an und kommentierte die Nachrichten. Das geschah wieder in der besserwisserischen Art und Weise, die ich an ihm schon kennen gelernt hatte. Es führte dazu, dass ich mich nicht äußerte, weil ich damit einen Streit heraufbeschwören würde. Soviel war sicher.

„Ich weiß auch nicht, warum ich mitgekommen bin in diese Einsamkeit", sagte er plötzlich vorwurfsvoll. Da ist es wieder, erinnerte ich mich, immer wenn ich glaube, es könnte ihm gefallen, liege ich leider ganz schwer daneben. Ich fragte: „Was soll ich dazu sagen?"

„Nichts," erwiderte Mangal. „Es ist einfach eine Tatsache." Ihm war langweilig, und ich sah keine Möglichkeit, das zu ändern.

Die Anwesenheit eines Menschen allein reichte nicht aus, um ein Gefühl des Zusammenseins hervorzubringen, wenn man sich nichts Wesentliches zu sagen oder zu fühlen hatte. In meinen Gefühlen hatte ich mich seit der Rückkehr aus dem Urlaubsversuch gebremst. Eigentlich war das gar nicht nötig, da ich dahinschwinden sah, was ich anfangs für diesen Mann empfunden hatte. Vielleicht war es auch nur Neugier gewesen auf das Neue, Fremde, und ich hatte etwas gesucht, was er gar nicht zu bieten imstande war. Die schwesterlichen Übergriffe meinerseits wehrte er stets ab. Daran war auch nichts unverständlich. Das würde keinem Mann gefallen. Er aber hatte nicht aufgegeben, mich als Frau zu betrachten, und war offensichtlich unsicher, ob er mein Verhalten so hinnehmen sollte oder nicht. Was sollte er mit einer Frau, die nicht einmal mit ihm schlafen wollte. Das gehörte nicht zusammen. Und überhaupt, wo war der Sinn einer solchen Beziehung. Eine Frau, die keine Kinder wollte, die ihren Beruf bis ans Lebensende ausüben würde; eine Frau, die schon vor ihm mehr als einen anderen Mann gekannt hatte, würde auch noch weitere Männer kennen lernen wollen.

Ich verstand seine Bedenken, sie passten jedoch nicht zu dem, was wir beide probten und von dem wir selbst nicht zu sagen wussten, warum wir es nicht aufgaben. Eines Abends hatte er mir gestanden, dass er mich liebe, aus vielen Gründen liebe. Er war durchaus nüchtern, als diese Worte aus ihm heraus drängten, erstaunlich genug. Und schon war ich wieder gefangen und hoffte, alle meine Vorbehalte entsprängen nur einem Missverständnis. Ich wusste jedoch, dass das nicht der Fall war. Und so blieb mir nichts anderes übrig, als zuzugeben, dass ich ihn auf meine Weise auch liebte.

„Das kannst du gar nicht", sagte er spontan. „Ich liebe dein Wesen, obwohl du es nicht glauben magst. Warum solltest du mich aber lieben? Ich bin ein Mann, den du gar nicht kennst. Ich hingegen kenne dich genau. Ich weiß, wir sind verwandt."

Ich stutzte bei dieser Aussage. Was sollte das bedeuten? Aber ich nahm das als eine Laune, da ich von ihm bereits einiges gewohnt war, mit dem ich nicht gerechnet hatte. „Ich wäre besser am Wochenende zu meinem Bruder und seiner Familie gefahren", sagte Mangal, „die Kinder habe ich lange nicht gesehen, sie sind wie meine eigenen." „Was machen wir jetzt", fragte Ich. „Es schneit, und wir haben nur einen Wagen zur Verfügung." „Du könntest mich zum Bahnhof bringen" schlug er vor, wohl wissend, dass ich nicht gern auf einer Schneedecke meine Fahrkünste ausprobierte. „Ist das dein Ernst?" Ich sah aus dem Fenster. Inzwischen hatte sich das Schneetreiben verstärkt, kein Auto war mehr auf der Straße, nicht einmal ein Fußgänger. „Sieh doch selbst", bat ich ihn.

„Ja und", erwiderte er. „Ich habe keine Angst, ich kann fahren."

"Ja natürlich, aber wie komme ich zurück", fragte ich. „Wenn der Schnee nicht geräumt wurde, sind die Steigungen mit diesem Wagen nicht zu bewältigen, das weißt du doch. Es sind zum Bahnhof immerhin dreißig Kilometer bergauf, bergab."

„Dann nehme ich eben ein Taxi." Und schon ging er in den Flur, in dem das Telefonbuch lag.

Er ließ mir gar keine Zeit für andere Vorschläge, ich hätte auch keinen gehabt. In mir machte sich einfach nur Enttäuschung breit. Mit diesem Mann würde ich nie zur Ruhe kommen. Ich meinte damit nicht Ruhe im Wortsinn, sondern einen Zustand der Ausgeglichenheit, des Angenommenseins, der Erholung von der täglichen Arbeit. Lass ihn gehen, dachte. Obwohl ich es irgendwie auch bedauerte, dass es mir nicht gelang, mit ihm eine richtige Zweisamkeit herzustellen.

Er hatte tatsächlich Erfolg, packte seine Tasche. Ich fragte ihn, was ich mit all den Lebensmitteln machen sollte. Ich kam mir so verlassen vor. Er verstand es immer wieder, mich in einen Zustand zu versetzen, in dem ich bei mir die Schuld für das Misslingen suchte. Von anderen Frauen hatte ich dergleichen schon sagen hören. Es war so fremd, dieses Gefühl, inzwischen jedoch auch vertraut geworden, dass ich mich als Opfer fühlte. Ihn als Täter zu bezeichnen, lag mir dennoch fern. Was ihn umtrieb, war eher ein Rätsel als ein Affront gegen mich.

Dann würde ich eben die Nacht und den Sonntag allein genießen. Es würde darauf hinaus laufen, meine Trennungsabsichten wieder richtig aufleben zu lassen, und vielleicht wäre es dieses Mal einfacher.

Es wollte sich nur kein Groll gegen Mangal einstellen. Merkwürdig genug, dachte ich. Er tat mir einfach nur leid. Er war ja mit einer anderen, einer guten Absicht, mitgefahren. Das konnte ich nicht vergessen.

Noch ohne Verdacht

Als der Taxifahrer klingelte, half ich Mangal, die Dinge zu transportieren, die er mitnehmen wollte. Er sagte, es täte ihm leid, aber er müsse gehen. Dabei lächelte er mich an mit diesen traurigen Augen, was nicht zueinander passte. Dann schloss er schnell die Tür. Das Taxi verschwand sehr rasch hinter dem Vorhang aus Schneekristallen. Ich ging fröstelnd ins Haus zurück, schloss die Tür hinter mir ab, öffnete eine Flasche Wein und nahm das Buch in die Hand, das ich mitgebracht hatte. Schnell war ich fasziniert von der Handlung in den dreißiger Jahren, die in Shanghai spielte und mich in eine fremde Welt trug, zu Menschen mit einer noch fremderen Mentalität als Mangal sie hatte.

Was für ein Anspruch, zu denken, dass man einfach Kulturen überspringen und hinter sich lassen kann, wenn man glaubt, jemanden mehr als nur sympathisch zu finden. Multikulti funktioniert, wenn man es richtig will, hatte ich vor kurzem meinen Freunden gegenüber noch propagiert. Nun glaubte ich es fast selbst nicht mehr.

Von Mangal hörte ich an diesem Abend nichts. Am nächsten Mittag rief er an, um nachzufragen, wie es mir gehe und ob noch mehr Schnee gefallen sei, er wäre jetzt gern bei mir, um mit mir eine Schneeballschlacht zu schlagen. Zu seinem Bruder sei er nicht gefahren, dafür sei es zu spät gewesen. Das wolle er am folgenden Wochenende nachholen. Am frühen Nachmittag wagte ich, die bis dahin das Haus nicht verlassen hatte, einen Blick aus dem Fenster.

Der Räumdienst war fast ohne Unterbrechung auf den Straßen zu sehen. Es gab eine Vielzahl von Berufspendlern, die sich auf den Weg machen mussten, wollten sie anderntags an fernen Orten ihre Arbeit wieder aufnehmen. Das war für mich eine Erleichterung. Ich hatte mich im Haus mit Dingen beschäftigt, die seit Monaten vernachlässigt worden waren. Das hing mit meiner Unentschlossenheit zusammen, das Haus aufzugeben oder nicht. Nun, da ich mich zum Bleiben entschieden hatte, versuchte ich aufzuräumen und mich von Gegenständen zu trennen, die ich lange nicht in der Hand gehalten hatte. Es war mir ein Bedürfnis, hierbei rigoros vorzugehen. Unbenötigte Gegenstände schienen überhand zu nehmen.

Während ich alte Fotografien aussortierte, war ich gedankenverloren bei dem einen oder anderen Ereignis in meinem Leben stecken geblieben und hatte gar nicht wahrgenommen, wie sich der Tag neigte und Dunkelheit einsetzte. Eine Rückfahrt unter diesen Bedingungen war genau das, was ich am wenigsten gewollt hatte.

Ich ließ alles stehen und liegen; es waren ja mein Haus und meine Ordnung, über die sich niemand zu beschweren hatte. Ich packte die zahlreichen frischen Lebensmittel und einige Kleidungsstücke zusammen, brachte den Abfall hinaus, stellte im Heizraum den Kessel auf Winterbetrieb bei Abwesenheit, belud den Wagen, schloss die Haustür ab und fuhr davon.

Meine Gedanken machten ab und zu einen kleinen Schlenker. Ich fand mich dann wieder, wie ich an Mangal und dessen Leben dachte und an die Unmöglichkeit, mit diesem Menschen eine wie immer geartete Basis zu finden. Ich war entschlossen, aufzugeben. Ich rief noch am Abend meinen besten Freund Max an, um ihm das mitzuteilen. Der spürte, dass ich es nur tat, um jemanden zu haben, der von meiner Entscheidung Kenntnis hatte und der künftig schon mal nachfragen würde, was einen gewissen äußeren Druck bedeutete, dieses Vorhaben auch tatsächlich umzusetzen. Diese Hilfestellung war er gern bereit zu geben. Er hörte mir jedoch nur zu, ohne Stellung zu beziehen. Ob ich das so erwartet hatte, wusste er nicht.

In den folgenden Wochen hörte ich nichts von Mangal. Ich hatte seit dem Wochenende im Schnee nicht mit ihm gesprochen; weder rief er an, noch war er bei mir in der Wohnung erschienen. Das führte dazu, dass ich mich langsam sorgte. Zumindest war sein Verhalten ungewöhnlich.

Eines Abends stand ich vor dem Haus, in dem er wohnte. Ich fand die Wohnung unbeleuchtet. Ich drückte auf den Klingelknopf, einmal, zweimal, dreimal. Nichts rührte sich. Mit dem Schlüssel, den er mir irgendwann übergeben hatte, öffnete ich schließlich leise die Wohnungstür.

In der Wohnung sah es aus, als hätte jemand aus allen Schubladen den Inhalt herausgerissen und auf dem Boden verteilt. Das galt für alle Zimmer. Merkwürdig war für mich nur, dass im Badezimmer Spuren zu sehen waren, die darauf hindeuteten, dass vor kurzer Zeit jemand ein Bad genommen oder geduscht hatte. Mangals abgelegten Wäschestücke zierten den Fußboden, das Rasierzeug lag auf dem Waschbecken. Nasse Handtücher hingen über der Vorhangstange. Also war er weder krank noch auf Reisen, dachte ich. Den Kleiderschrank fand ich geöffnet, so als hätte er in Eile handeln müssen, um schnell das Haus zu verlassen. Ich war beruhigt. Das sichtbare Chaos war für mich nur der Ausdruck seines Seelenzustandes. Aus diesem Grunde konnte ich die Wohnung verlassen, ohne weitere Gedanken an diesen Mann zu verschwenden.

Das einzige, was mir nicht gefiel, war, dass ich nicht die Möglichkeit gehabt hatte, die Trennung endgültig zu vollziehen. Das musste so schnell wie möglich nachgeholt werden. Von meinem Büro aus rief ich am folgenden Tag in einer meiner Pausen Mangal an seinem Arbeitsplatz an. Er schien nicht verwundert, fragte, wie es mir gehe. Ich gab zu verstehen, dass ich mich mit ihm zu treffen beabsichtigte.

Er vertröstete mich auf die folgende Woche, ließ sich jedoch auf einen Termin festlegen. Mir reichte das.

Der nächtliche Unfall

In dieser Nacht wurde ich aus dem Tiefschlaf gerissen, als das Telefon, das neben meinem Bett seinen Platz hatte, klingelte. Ich sah auf den Wecker. Es war drei Uhr. Ich zögerte nicht, den Hörer abzunehmen. In der Leitung war Mangals Stimme, um Sachlichkeit bemüht. „Kannst du mich abholen?"

„Wo steckst du denn", fragte ich ihn. „Auf der Autobahnauffahrt Bad Neuenahr Richtung Köln-Düsseldorf", hörte ich ihn sagen. „Es ist einfach zu finden. Ich warte hier auf dich. Du kannst mich nicht verfehlen."

„Geht es dir gut", fragte ich weiter.

„Ja, jetzt ist es schon besser", sagte Mangal, „ich hatte einen Unfall, mein Wagen ist wahrscheinlich Schrott."

„Bin unterwegs, bis gleich; ich schätze, anderthalb Stunden werde ich mindestens benötigen." Ich legte auf.

Wie es meine Art in Krisenfällen war, blieb ich ganz ruhig. Ich zog bequeme und warme Kleidung an, nahm die Tasche mit den Papieren und Geld sowie den Autoschlüssel und verließ die Wohnung.

Es war eine klare und kalte Nacht und die Zufahrt zur Autobahn fast ohne Verkehr. Ich legte eine Kassette ein, und während die Musik mein Alleinsein übertönte, ertappte ich mich dabei, wie mir dieser Mann schon wieder Leid tat. Nicht die Tatsache, dass ich nachts auf die Autobahn musste, sondern sein Unglück zählte.

Würde dieser Mann das auch für mich tun, fragte ich mich und entschied mich, darauf ein Ja zu setzen, falls ich ihn in einer solchen Situation würde telefonisch erreichen können. Bei seiner Art zu leben, wäre es vielleicht nicht so einfach; aber mit dem Handy hätte ich eine Chance. Nachdem ich die Autobahn gewechselt hatte, war ich fast allein auf der Straße. Ich bemerkte erst nach einiger Zeit, mit welchem Druck mein Fuß auf dem Gaspedal lastete und nahm etwas von der Kraft zurück. Ich hoffte, dass es Mangal wirklich gut ging. Bei ihm wusste ich nie mit Sicherheit, wie es tatsächlich aussah; da half nur, sich ein echtes Bild zu machen.

Als ich auf der Höhe von Bad Neuenahr die Autobahn verließ, um gleich wieder die Auffahrt zurück zu suchen, sah ich schon von fern einen Abschleppwagen in der Kurve stehen. Beim langsamen Näherkommen winkte mir Mangal zu und dirigierte mich hinter den Wagen. Ich stieg aus und sah einen Mangal, der um Fassung bemüht war.

„Ich habe die Leitplanke in der Kurve platt gefahren", sagte er, „die Polizei hat schon alles aufgenommen." Ihm war kalt, das bemerkte Ich sofort. Er trug nur einen Stoffanzug, als wenn er von einer Party käme. „Nimm wenigstens meinen Schal", sagte ich und reichte ihm diesen.

„Wir fahren jetzt hinter dem Abschleppdienst her und in die Werkstatt", sagte er. „Es ist nicht weit. Dann wird entschieden, was mit meinem Wagen geschieht", erklärte er.

Nach zehn Minuten standen wir auf dem Hof einer Werkstatt. Ich blieb im Auto sitzen, während Mangal mit dem Mechaniker um seinen Wagen herumschlich. Ich sah seinen hilfesuchenden Blick. Er bemühte sich, einzuschätzen, was mit seinem Wagen los war und hoffte wohl, dass er diesen vor einer Verschrottung würde retten können. Er redete auf den Mann ein, aber ich sah sofort, dass es vergeblich war. Mangal kam auf mich zu. „Angeblich ist er nicht mehr zu retten", sagte er, „und das Abschleppen nach Düsseldorf bezahlt mir keiner. Der Mann schlägt vor, den Wagen auszuschlachten und dafür keine Verschrottungsgebühr zu nehmen. Ich muss dem wohl zustimmen."

Ihm war nicht wohl dabei. Wir überlegten gemeinsam, ob es eine Alternative gäbe, aber es schien aussichtslos. Dann füllte er mit dem Mann einen Kaufvertrag aus, leistete seine Unterschrift und saß schließlich auf dem Beifahrersitz, nachdem er noch einige Dinge aus dem Kofferraum in meinen Wagen umgeladen hatte. „Lass uns fahren", bat er. Während der nächsten halben Stunde erzählte er wieder und wieder den Hergang des Unfalls, als wolle er sich vergewissern, dass das kein Traum war.

„Mit der Lenkung war etwas nicht in Ordnung", vermutete er. „Ich habe Glück gehabt, dass niemand sonst auf der Straße war."

Noch während der Fahrt stellte ich fest, dass er unter einem Schleudertrauma litt und nahm ihm das Versprechen ab, morgens gleich zum Arzt zu gehen und sich untersuchen zu lassen. Es blieb mir nichts anderes übrig, als ihn vor seiner Haustür abzusetzen. Er bedankte sich bei mir für die Unterstützung und ging ins Haus.

Während ich einen Parkplatz gefunden hatte und mich meiner Wohnung näherte, nahm ich mir vor, ihn zu fragen, wo er denn gewesen und warum er so spät nachts unterwegs sei. Ohne weiter über diesen unterbrochenen Schlaf nachzudenken, glitt ich in meinen nächsten Traum hinüber.

Als der Morgen kam, fühlte ich mich nicht weniger ausgeschlafen als an anderen Tagen. Ich war mit keinem Gedanken bei den Geschehnissen der gerade vergangenen Nacht. Erst als mir im Verlauf des Tages ein bestimmtes Bild von Mangal vor Augen kam, dasjenige, in dem er im vornehmen Anzug nachts neben seinem demolierten Wagen stand mit einem Ausdruck des Nichtbegreifens in den Augen, da war es für mich klar, dass mindestens eine Frage offen geblieben war. Und die wurde von Mangal so beantwortet: er habe seinen Cousin und dessen Familie in Frankfurt besucht und nicht über Nacht bleiben wollen, sei dann eben recht spät gefahren. Warum er gerade auf dieser Autobahn gelandet war, wusste er nicht zu erklären. Ich insistierte nicht weiter.

Für mich war diese Energie verschwendende Beziehung zu Ende, und dabei gab es für mich kein Zurück. Zeitlich in eine Lücke stoßend, die unpassender nicht sein konnte, war dieser Unfall wiederum meinen Plänen in die Quere gekommen, ohne dass es mir bereits klar war. Spätestens, als Mangal eines Abends bei mir erschien und einen Vorschlag unterbreitete, wie wir beide zwei Fliegen mit einer Klappe schlagen könnten, zeigte sich mir offensichtlich werdender Unmut, dass es wohl wieder einmal an der Zeit war, die Trennungsabsichten beiseite zu legen, wollte ich nicht als verständnislos und grausam dastehen, während der Mann meiner Träume den nächsten größeren Zeitraum ohne ein Auto würde durchstehen müssen. Abhilfe konnte allein ich schaffen, indem ich meinen Wagen tagsüber zur Verfügung stellte, wo er doch nur auf ständig wechselnden Parkplätzen sein Dasein fristete, was Personenkraftwagen im allgemeinen nicht gut bekam, wie schließlich jedermann wusste.

Dafür würde ich mich darauf verlassen können, mein Fahrzeug zu jeder Zeit in einem guten Zustand zu wissen. Wenn die Vernunft sich mit den Gefühlen streitet, stehen die Karten meistens nicht gut für die Vernunft. Sie erhält nur allzu schnell einen ungewollten Partner durch ein sich ankündigendes moralisierendes Urteil. Welche Rolle spielt dann noch die Intuition oder ein Gefühl, das einem sagt, handle so, auch wenn es dir momentan nicht gefällt. Dein Bauch sagt dir doch, was du zu tun hast. Mit Logik hat das nichts zu tun.

Aber Mangal hatte es geschafft, mich zu überzeugen. Für einen richtigen Freund würde ich mein letztes Hemd weggeben. Mangal war mit einem untrüglichen Instinkt genau auf diese Wesensseite gestoßen. Er erhielt, was er sich versprochen hatte. Von nun ab gab es ein Band mehr, ein lächerliches zwar, aber immerhin eines, das zählte und immer dann, wenn Mangal die Gefahr am Horizont auftauchen sah, dass ich von Trennung sprechen könnte, war er sich sicher, dass ich ihn nicht im Stich lassen würde. Und wie recht er damit hatte! Wer mich gut kannte, wusste, dass ich mich nur ein Mal in meinem Leben für Geld interessiert hatte. Die Finanzierung meiner Ausbildung und die Einrichtung der Praxis hatten mich bewusst mit Geld umgehen lassen.

Nie wäre es mir eingefallen zu sparen, einfach nur das Geld auf der Bank zu lassen. Wofür sollte das gut sein; ich wollte es ausgeben für Anlässe, die mein Leben bereicherten. Und das hatte ich in dem mir zur Verfügung stehenden Rahmen getan, manches Mal auch über diesen Rahmen hinaus. Aber auch das war eine stabile Situation, abschätzbar und nicht für Spekulationen geeignet.

Eines Abends, es war schon spät, erhielt ich den Anruf eines Mannes, dessen Name mir nichts sagte. Er fragte mich wie selbstverständlich, ob er Mangal sprechen könne. Ich verneinte dies und verwies ihn auf dessen Handynummer. Auf Nachfrage gab Mangal später zu, dass er einigen seiner Freunde und Verwandten meine Telefonnummer gegeben habe. „Du hättest mich schon vorher fragen sollen", sagte ich daraufhin, kam mir aber sofort wieder recht kleinlich vor. „Was wollte denn dieser Mann neulich von dir", fragte ich ihn. „Ach, der lässt mich nicht in Ruhe, ich schulde ihm Geld, was ich ihm eigentlich schon hätte zurück-zahlen wollen. Jetzt ruft er ständig an."

„Und was willst du tun", fragte ich weiter. „Ich werde an den Wochenenden wie-der Taxi fahren", antwortete er, und schien sich sicher. In den folgenden Wochen geschah es abends mehrmals, dass dieser Mann meine Nummer wählte. Meistens versuchte ich höflich zu bleiben, bis ich irgendwann einmal sagte, dass Mangal selten in meiner Wohnung zu finden sei. Von dem Tag an herrschte Funkstille, nachdem der Mann sich entschuldigt hatte. Ich vergaß diese Störungen.

Mehr als nur Zumutungen

Das Abkommen, das wir in Bezug auf meinen Wagen getroffen hatten, funktionierte reibungslos.

Mittlerweile fuhr ich wieder regelmäßig allein am Wochenende in mein Dorf. Dort erhielt ich Mangals Anrufe, sobald er davon ausgehen konnte, dass ich eingetroffen war, aber auch abends oder morgens früh. Wir hatten uns jedoch nichts zu sagen. Ab und zu fand ich Begleitung für Spaziergänge oder auch Wanderungen. Seit ich mich kontaktfreudiger zeigte, kamen die Menschen auch auf mich zu. Ich ging mal mit jenem ins Kino, mit einem anderen essen, mit einem Dritten in ein Konzert und mit wieder anderen in Ausstellungen. Auch aus Düsseldorf machten sich mit dem anbrechenden Frühling die Freunde auf den Weg zu mir. Wenn sie zu mir kamen, fragten sie schon nach Mangal, aber irgendwann auch nicht mehr.

Dabei geriet Max, der alte Freund, ohne es beabsichtigt zu haben, einmal fast in die Situation, mit mir zu schlafen. Alle anderen der alten Clique hatten sich schon zurückgezogen in die Gästezimmer, als er immer noch mit mir im Wohnzimmer auf dem Teppich saß und Musik hörte. Wir hatten uns mit den Rücken aneinander gelehnt und spürten wohl beide, wie gut das tat. Eine Weile verharrten wir so. Es war ein angenehm warmes Gefühl, das mich durchströmte, und auch Zärtlichkeit für ihn, den ich so gut kannte und der mir nicht helfen konnte. Wie oft hatten wir über unsere Träume gesprochen, nicht über gemeinsame, nein, das nicht. Aber was jeder erwartete vom Leben und was er dafür zu tun bereit wäre. Heute, fünfzehn Jahre später, saßen wir wie damals, waren im Grunde unseres Herzens einsam, beruflich erfolgreich, angesehen, gesund, aber durchaus nicht glücklich. Und wir kannten noch nicht einmal jemanden, den wir dafür verantwortlich machen konnten. Jeder von uns hatte von einer kleinen Familie geträumt. Es war absurd. In dem Moment, als Max genau das zu denken schien, sagte ich: „Es ist absurd, dass wir hier nach so langer Zeit so sitzen und uns dabei wohl fühlen. Als wäre in der Zwischenzeit nichts mit uns geschehen." Ich drehte mich und saß nun neben ihm, lachte ihm mit einem traurigen Blick zu und strich ihm über die Wange.

Als hätte Max nur darauf gewartet, wahrscheinlich hat er es tatsächlich getan, neigte er sich mir zu und gab mir einen Kuss auf die Stirn. Er musste mit seinen Lippen wohl eine Sekunde zu lang auf meiner Haut verharrt haben, jedenfalls hatte er bei mir etwas ausgelöst. Ich stellte mein Weinglas ab und kniete mich vor ihn hin; dann nahm ich sein Gesicht zwischen meine Hände und küsste ihn auf den Mund. Ich war so voller Zärtlichkeit, dass er sich nicht entziehen konnte. Wir bewegten uns nicht, nur unsere Lippen berührten sich leicht und mochten sich nicht lösen. Ich hatte meine Hände weggenommen, so dass wir nur durch die Lippen verbunden waren. Es war ein wundervolles Gefühl, wie ich es lange nicht erlebt hatte. Mein Herz klopfte wild. Mein Atem ging schneller. Wie gern hätte ich mich fallen lassen! Aber ich wollte keine Komplikationen, und genau die sah ich vor Augen, wenn ich an Mangal dachte.

Max fasste mich an den Schultern, ich ließ es zu, dass er sich langsam löste. Ich lachte ihn an und sagte mit einem halb gespielten Seufzer: „Warum musstest du das tun?"

„Das weißt du doch genau", sagte er. „Ach komm, lass uns das doch genießen", wendete ich ein. „Morgen ist morgen!" „Eben nicht", sagte er, „wir machen unser Morgen immer heute, das weißt du so gut wie ich; das war immer so und bleibt auch so. Oder glaubst du, dass ich heute eine schöne Nacht mit dir haben möchte und morgen sehe ich dich mit deinem Mangal in unglücklicher Zweisamkeit. Ich glaube eher, es ist an der Zeit, dass du dein Leben wieder in Ordnung bringst, wenn du mir diesen Rat erlaubst."

„Schon gestattet", sagte ich. Ich erhob mich und fragte ihn, ob er wenigstens mit mir im gleichen Bett schlafen würde, ich vermisste so sehr die Nähe eines lieben Menschen.

„Das ist eine deiner Zumutungen", sagte er, „die machst du besser nicht mit mir. Ich kann nicht garantieren, dass ich einfach nur so neben dir liegen bleibe."

„Dafür sorge ich schon", sagte ich, „versprochen!" So kam es, dass wir, mehr oder weniger wie vertraute Geschwister und fast geschlechtslos, dicht aneinander geschmiegt diese Nacht verbrachten. Wohl ist Max einige Male in dem Bewusstsein aufgewacht, dass es nur einer Handbewegung bedurfte und die Grenze wäre überschritten, und er glaubte auch gespürt zu haben, wie ich zaghaft versuchen wollte, es aber dann doch unterließ, ihn zu berühren. Vielleicht wäre es sehr schön gewesen; jedenfalls hat er nicht ohne Bedauern morgens dieses Bett verlassen.

Doch hat er angekündigt, dass es ein zweites Mal dieser Art nicht geben werde. „Genau das habe ich auch für mich entschieden", antwortete ich, „nächstes Mal werden wir alles richtig machen." Ich lachte. Er schüttelte den Kopf.

Eine Zumutung nach der anderen, und Gewalt

Es war an einem Abend im April, draußen schlugen die noch blattlosen Baumwipfel fast gegen die Fensterscheiben, als es in meiner Wohnung laut und ohne Unterbrechung klingelte. Atemlos kam Mangal die Treppe heraufgestürmt. „Du musst mir helfen", rief er mir zu, noch bevor er die Wohnung betreten hatte. „Langsam", sagte ich. „Was ist los?"

"Dieser Mann, der hier immer angerufen hat, will sein Geld, er telefoniert schon in der ganzen Familie herum, dass ich es ihm noch nicht zurückgezahlt habe." „Aber was kann ich dabei tun", fragte ich ehrlicherweise. „Du hast doch bestimmt jemanden, der dir Geld leihen würde, oder?"

Ich dachte nach. „Wie viel brauchst du?" „Zehntausend Euro."

"Zehntausend", wiederholte ich entgeistert. „Wer soll mir die denn leihen? Und warum? Mit welcher Begründung?"

„Du kannst doch sagen, du müsstest noch für die Praxis etwas abzahlen." Ich überlegte tatsächlich, ob das ein Argument sein könnte, bis ich schließlich wieder bei Verstand war und Mangal fragte, warum er denn seine Schulden habe derart auflaufen lassen und warum er das diesem Manne nicht erklären könne.

„Ich verliere mein Gesicht, sobald es sich in der Familie herumgesprochen hat, dass ich Schulden nicht zurückzahlen kann", rief er ungestüm. „Überlege doch bitte mal, wer dir helfen würde", sagte er eindringlich.

„Wieso mir", fragte ich zurück. „Ja, meine ich ja", antwortete Mangal. Ich wollte daraufhin von ihm wissen, was geschähe, wenn er seinen Verpflichtungen nicht nachkäme. Das sei für ihn undenkbar, war seine Antwort. So sehr ich mich mühte, die Logik blieb mir verborgen. Dennoch überlegte ich, wer als Retter in Frage kommen könnte. Dabei kam ich auf Max. Noch zögerte ich, einen Namen zu nennen. Aber Mangal hatte ihn bereits auf der Zunge.

„Wie wäre es mit Max", platzte es unvermittelt aus ihm heraus, dass ich mich wieder einmal fragte, ob er Gedanken lesen könne.

„Ich weiß nicht, wie ich das machen sollte", gestand ich, „er weiß doch, wie ich lebe und würde sich wundern. Und ich kann doch nicht behaupten, dass es für dich ist, das würde er nie mitmachen."

Er saß mir ganz ruhig gegenüber. „Ich verspreche dir, dass er das Geld in drei Monaten zurück hat", flehte er mich an. „Ruf ihn doch bitte an."

Ich sah die echte Not in seinen Augen, dieser Mann spielte kein Spiel mit mir, das war offensichtlich. Das konnte ich schließlich beurteilen. Mangal rückte näher. Er reichte mir das Telefon, legte den Hörer in meine Hand, als könne er damit an Sicherheit gewinnen. Und ich dachte nur noch, ich muss das ganz spontan durchführen, mit allem Nachdruck, damit es glaubwürdig klingt. Mangal ist in Not, und nur ich kann ihm helfen.

Wenn Max sich an das kurze Telefonat erinnerte, das er mit mir in dieser Angelegenheit führte, fällt ihm nur auf, wie wenig er auf meine Stimme geachtet hatte, weil ihn der Gedanke nicht los ließ, dass ich ihn um Hilfe bat, ich, die sonst nie persönliche Angelegenheiten mit ihm besprach, bat ihn um Geld, weil ich mich angeblich verrechnet hatte bei einem Bankkredit, der plötzlich fällig geworden war. Max war gar nicht auf die Idee gekommen, an meiner Aussage zu zweifeln; er bemerkte nur, dass dieses Verhalten im Umgang mit Geld nicht zu mir passte; aber in dem Moment wollte er einfach nur behilflich sein. Meine Versicherung, in drei Monaten wieder im Besitz dieses Betrages zu sein, war für ihn glaubwürdig und über jeden Zweifel erhaben. Wenn er gewusst hätte, was er alles hätte verhüten können mit einer Ablehnung, wie gern hätte er mir eine Absage erteilt. Aber jeder von uns trägt ein Muster mit sich herum, was den Freund oder die Freundin betrifft, was eigentlich auch gut so ist. Da wird nichts in Frage gestellt, da wird Glaubwürdigkeit vorausgesetzt, was letztlich unsere Freundschaft auch auszeichnet.

Max war stolz darauf, dass ich ihn um diesen Gefallen gebeten hatte. Lange schon hatte er sich mit diesem Gefühl herumgetragen, mir etwas zu schulden. Es war hingegen völlig unbegründet. Leider war das der Beginn einer unglaublichen Katastrophe.

Mangal erhielt das Geld von mir in vier Raten bar auf die Hand. Ohne Quittung, versteht sich. In den kommenden Wochen war er kaum in meiner Nähe. Angeblich arbeitete er Tag und Nacht, um die Schulden zu begleichen, wobei er einschränkend immer wieder kleine Hiobsbotschaften einschob, dass das Taxigeschäft an den Wochenenden nicht so verlaufe, wie er das gedacht habe, oder wie er Probleme mit seinem Vermieter hatte, die Miete sei angeblich nicht auf dem Konto des Vermieters eingegangen. Und dergleichen mehr.

Für mich mit meinen Erfahrungen und meiner positiven Einstellung zum Leben, auch in einer nicht so lustigen Phase, war das allein kein Grund zur Beunruhigung. Mangal fuhr während der Woche mit meinem Wagen durch die Gegend. Nie fragte ich ihn trotz des rasch ansteigenden Kilometerstandes nach seinen Aktivitäten, an denen das Auto irgendwie beteiligt sein musste. Die Wochenenden verbrachte ich wieder allein oder mit anderen Freunden. Mangal war zu einer Zufallsbekanntschaft geworden. Und es blieb Zufällen überlassen, ob wir uns überhaupt trafen. Eines Tages, als ich mir keine Gedanken mehr machte, ob ich mich nun von Mangal trennen sollte oder nicht, hatte ich die Bekanntschaft eines netten Mannes gemacht.

Er war so ganz das Gegenteil des Mannes, unter dem mein Leiden in den vergangenen Monaten hatte wachsen müssen. Er war sanft in seinen Worten, seine Sätze kamen mit Bedacht aus seinem Munde, seine Kleidung war modern und geschmackvoll. Er fasste sehr schnell Vertrauen zu mir, was ich ganz und gar verdient hatte. Ich erfuhr von seinem Lebenslauf.

Schon in jungen Jahren war er nach Deutschland gekommen, um im Ruhrgebiet in einem Bergwerk unter Tage zu arbeiten. Ohne eine regelrechte Schulbildung und demgemäß auch ohne die Möglichkeit, die neue Sprache zu erlernen, war er direkt aus dem Osten der Türkei hier gestrandet.

Über Jahre hatte er nur gearbeitet und sich das Geld zurückgelegt, um eines Tages, unter vielen anderen Entbehrungen, einen Schulabschluss nachzuholen. Das war ihm tatsächlich gelungen bis hin zur Fachhochschulreife. In meinen Augen war das nicht nur eine Leistung, die einen starken Willen und Ausdauer voraussetzte, sondern auch eine intellektuelle Hochleistung. Er lebte in Düsseldorf ganz bescheiden in einer kleinen Dachwohnung, einer Höhle, in die er sich verkrochen hatte, die jedoch ihm allein gehörte. Er war zu einem Sprachliebhaber geworden; Ich stellte sehr schnell fest, dass ich in meinem Bekanntenkreis selbst unter den deutschen Freunden kaum jemanden kannte, der derart sorgfältig mit seiner Muttersprache umging wie dieser junge Türke mit der für ihn einige Jahre zuvor noch vollkommen fremden deutschen Sprache. Er hatte es soweit gebracht, dass er mit

Erfolg versuchte, Gedichte aus seiner Heimat ins Deutsche zu übersetzen. Das war der Anknüpfungspunkt für die Bekanntschaft zwischen mir und diesem Mann.

Wie ich recht bald, nachdem ich ihm begegnet war, meinen Freunden erzählte, sei ich sehr beeindruckt von der ganzen Persönlichkeit dieses Menschen. Ich schätzte seine ruhige und besonnene Art, an die Fragen des Lebens und Überlebens heranzugehen, obwohl er im Laufe der Jahre viele Erniedrigungen hatte hinnehmen müssen. Es grenzte schon fast an ein Wunder, dass er heil in die für ihn neue Welt und Umgebung hatte eintauchen können. Gemeinsam mit einer Freundin hatte er eine Second-Hand-Boutique eröffnet, die nun schon ein paar Jahre ganz guten Gewinn abwarf. Nebenbei gab er in seiner Muttersprache Privatunterricht. Er verreiste ab und zu und führte ein bescheidenes Leben, das sich äußerlich jedoch kaum von dem jedes interessierten jungen Mitbürgers unterschied, mit dem Unterschied vielleicht, dass er sehr viel Wert auf Kleidung legte. Max hatte sich damals vorgestellt, dass ich vielleicht durch mein Hingezogensein zu diesem Mann die Beziehung mit Mangal würde aufgeben können.

Aber das blieb Wunschdenken, denn, wie er von mir erfahren musste, war mein Interesse in der Hauptsache auf die Sprache ausgerichtet. Der Altersunterschied schien mir zu groß. Wir trafen uns ab und zu, um gemeinsam die Übersetzungsarbeiten fortzuführen. Eines Tages traf ich ihn zufällig auf der Straße, als er mich fragte, ob ich nicht Interesse an einigen Designerkleidern habe. Er wolle in Kürze das Geschäft aufgeben und den Warenbestand verkaufen. Ich sagte zu, dass ich am folgenden Feitag gegen Mittag zu ihm kommen würde. Wir hatten viel Spaß bei der Auswahl der in Frage kommenden Teile, und es ergab sich, dass am Ende zwei große Plastiktüten, bis an den Rand gefüllt, den Weg in meinen Kleiderschrank nehmen würden. Er bot sich an, mir die Sachen zum Wagen zu tragen. Ich hatte vor, sie am Wochenende eingehender zu betrachten und anzuprobieren und wollte sie deshalb mit in das Bergische Land nehmen. Ich parkte den Wagen, wenn er nicht in Mangals Händen war, und das war er meistens nur bis Freitagmittag, an dem kleinen Park in der Nähe meiner Wohnung. Ich ging mit diesem sympathischen Mann in angeregter Unterhaltung geradewegs auf das Auto zu und war dabei, die Tüten im Kofferraum unterzubringen, als ich glaubte, meinen Augen nicht trauen zu dürfen.

Da kam, an einem Freitagmittag, Mangal auf mich zu. Ich sagte meinem Begleiter, dass es sich bei dem sich nähernden Mann um einen Bekannten handele, der offensichtlich etwas von mir wollte.

Mangal nahm keine Notiz von dem fremden Mann, sondern ging direkt auf mich zu und wollte mich fortziehen, er habe mit mir etwas zu besprechen. Ich löste mich und stellte meinen Begleiter vor. Für Mangal war dieser Luft, er nahm ihn einfach nicht zur Kenntnis. Ich kochte innerlich wegen dieses Verhaltens; sagte knapp zu Mangal, er möge doch schon vorausgehen, er habe ja die Schlüssel, ich käme gleich nach.

Ich sah ihn wütend davongehen, ohne uns noch eines Blickes zu würdigen. Ich entschuldigte mich für Mangals Benehmen. Mein Begleiter war sehr nachdenklich, fragte, ob er mitkommen solle. Ich war erstaunt. „Nein, danke", sagte ich, „das schaffe ich schon." Ich ging mit ihm den Weg zurück und wir verabschiedeten uns vor meiner Haustür mit einer Umarmung.

Bedrückt ging ich zum Fahrstuhl. Als ich in meine Wohnung kam, stand ein vor Wut kreidebleicher Mangal in meiner Küche. Er rang nach Worten. „Jetzt triffst du dich schon am helllichten Tag mit diesem Türken. Was denkst du dir eigentlich dabei? Wollte er nicht mit dir fahren, und habe ich dir jetzt den Spaß verdorben?" Er giftete mich an. Ich blieb äußerlich ruhig.

„Nichts dergleichen", sagte ich. Er kam auf mich zu und packte mich an der Schulter. „Was machst du denn mit dem, schöne lange Haare hat er, das liebst du doch!" Ich wollte mich befreien. Er ließ das nicht zu. Ich versuchte es erneut, aus seinem Griff zu entkommen. „Du Hure, ausgerechnet ein Türke", er spuckte mir ins Gesicht. Ich kam mit einer überraschend starken Bewegung frei. Aber nicht lange, da hatte er mich wieder gepackt und drückte mich gegen die Wand.

„Lass mich, oder ich rufe die Polizei"!

Er lachte. „Die Polizei kommt bestimmt", höhnte er. „Du kommst jetzt mit mir mit!" Und er zerrte mich mit aller Kraft aus der Wohnung, die kleine Treppe hinunter bis an den Fahrstuhl.

Ich wehrte mich: „Ich bleibe hier und du verschwindest ganz schnell", sagte ich hastig und leise.

„Das werden wir sehen, wir unternehmen jetzt eine kleine Autofahrt!" Ich hörte den Fahrstuhl. Ich sträubte mich noch einmal und merkte nur, wie ich von dem Mann so heftig gegen die Wand geschleudert wurde, dass es schmerzte. Blut lief mir aus der Nase, und das Nasenbein tat weh. Das war der Moment, als Mangal zur Besinnung kam.

"Bring mich sofort ins nächste Krankenhaus!" befahl ich, den Kopf in den Nacken legend, um den Blutfluss zu mildern, „Ich muss feststellen lassen, ob das Nasenbein gebrochen ist." „Du sagst aber nicht, wie das passiert ist", flehte Mangal. Ich sah ihn nur traurig und verständnislos an.

Ich krame in meiner Vergangenheit

Als ich Max diese Begebenheit erzählte, fragte er sich sicher, was aus mir geworden war. Nichts passte mehr zusammen. Ich hätte diesen Menschen anzeigen müssen. Max konnte sich jedenfalls nicht vorstellen, dass meine Angst vor Mangal so groß war, um vor den möglichen Konsequenzen zurückzuschrecken. Oder ich hielte ihn für fähig zu noch ganz anderen Taten. Dann hätte ich allerdings um so eher zu dieser letzten Möglichkeit greifen müssen.

Max verstand mich nicht und sagte das auch. Ich hatte immer wieder Erklärungen bereit, die Mangal, wenn sie ihn nicht entschuldigten, so doch in ein Licht stellten, dass er Hilfe benötigte und ich diese nicht verweigern könnte. Nach diesem Gespräch schwor Max, sich endgültig aus allem herauszuhalten.

Es wurde langsam wärmer. Zögernd hielt der Frühling Einzug. Das hatte mich bewogen, bereits am Freitagmittag die Stadt zu verlassen. Die Aussicht, mich ein wenig mit Gartenarbeit zu beschäftigen, vertrieb die unnützen Gedanken an einen Mann, dem nicht zu helfen war, der sein Leben selbst einzurichten hatte, alt genug dazu war und für seine Reifung auch allein zuständig.

Ich schüttelte mich, während ich mir die Plastikhandschuhe von den Fingern streifte. Die Welt um mich herum war voll von Männern jeden Alters, und ich suchte mir mit einer Sicherheit gerade den aus, den ich am wenigsten gebrauchen konnte.

Ich schüttete den kleinen Korb mit dem ausgerupften Unkraut über dem Kompost aus. Ob das richtig war oder nicht, konnte ich nicht beurteilen. Bevor die Wurzeln sich im Kompost bedienen konnten, würde die Sonne sie schon verdörrt haben.

Ich schaute nach dem Stand der Sonne; es würde sich noch lohnen, den Tisch und die Stühle herauszuholen, um es mir im Schatten der Kiefer bequem zu machen. Ich zögerte nicht, ging dann in die Küche, setzte Wasser für Tee auf, nahm eines der Tabletts, legte das Buch, in dem ich zur Zeit las, darauf, ein wenig Gebäck, die Sonnenbrille, ein Teeglas und mein Telefon. Der Tee war vorzüglich, ich genoss Schluck um Schluck.

Während ich las, hielt ich einige Male inne, wie um einer Stimme zu lauschen. Ich hob dann den Kopf für einen Augenblick, las wieder weiter. Ich stellte eine Unruhe in mir fest und fragte mich, ob möglicherweise der Tee zu stark geworden war. Aber ich hatte ihn zubereitet, wie ich es immer tat.

Trotzdem spürte ich, dass um mich herum etwas geschehen war, an dem ich zwar keinen Anteil hatte, das jedoch auf mich einwirkte. Ich bezeichnete mich mit einem Anflug von Lachen selbst als zurzeit übersensibel reagierend.

Als ich das Buch endgültig zur Seite legte, stand die Sonne bereits sehr tief, und es war wesentlich kühler geworden. Ich holte mir eine Decke, in die ich mich einwickelte, um noch einen Teil des Abends draußen genießen zu können. Das Zwitschern der großen und kleinen Vögel, die um mich herum von einem Baum zum andern flogen, wirkte beruhigend auf mich, fast einschläfernd.

Diese Idylle wurde plötzlich vom Klingeln des Telefons, das noch auf dem Tisch lag, durchbrochen. Es war Mangal, der fragte, wo ich sei.

„Aber du hast mich doch im Bergischen Land angerufen", antwortete ich und wunderte mich. „Du musst doch wissen, welche Nummer du gewählt hast."

Da hatte er schon aufgelegt. Ich ärgerte mich kurz über diese merkwürdige Störung. Immer versuchte dieser Mann, sich wieder in meine Gedanken zu schleichen, wenn ich es gerade geschafft hatte, ihn von dort in tiefer gelegene Etagen, sozusagen ins Archiv zu befördern.

Ich räumte alles ab und ging in das Haus. Ich sah mir die Nachrichten in der Tagesschau an. Das Aussortieren der Fotos, mit dem ich vor einiger Zeit begonnen hatte, wollte ich fortsetzen. Ich holte mir aus dem Arbeitszimmer einige Kästen mit Fotos und Fototüten.

Ich hatte mir zehn neue Fotoalben zugelegt und hoffte damit die besten Voraussetzungen für meine Sortierarbeit gelegt zu haben. Ein Teil der Bilder war bereits nach Themen und Jahrgängen geordnet.

Mittendrin, keiner Zuordnung unterlegen, fand ich plötzlich eine Fotografie von mir und Mangal, die wohl ein Freund gemacht haben musste. Es war kein gestelltes Fotos, sondern eines des Zufalls.

Aber genau deshalb war es für mich ohne Zweifel klar, wie überdeutlich dieses Bild etwas darüber aussagte, dass diese beiden Menschen nicht das Geringste miteinander verband. Der Mann war beschäftigt, eine riesengroße Wassermelone zu bearbeiten; die Frau saß auf einem Gartenstuhl und schaute wie abwesend in die Landschaft, hinter einer Sonnenbrille versteckt.

Typisch für uns, dachte ich, und es schlich sich Wehmut ein. Da ich diese nicht zulassen wollte, legte ich das Foto auf den Tisch, mit der Oberseite nach unten, und fuhr mit der Arbeit fort.

Ich machte an diesem Abend Stopp an vielen Haltestellen meines Lebens; Phasen lösten sich ab, Menschen kamen und gingen. Auf meinem Gesicht, ich nahm es zur Kenntnis, spiegelten sich entsprechend die Emotionen wider, aber nie war Bedauern oder Trauer fühlbar, eher Freude und Wiedererkennen vergessen geglaubter Augenblicke. Nichts war vergessen. Auf diese Weise gelang es mir, vier Alben zu füllen, und das erschien mir immerhin ein nicht geringes Ergebnis.

Eine beträchtliche Anzahl Fotografien hatte ich inzwischen zerrissen. Die ewig wiederkehrenden Sonnenuntergänge, Nahaufnahmen von Blüten, Schmetterlingen, die ewig gleichen Frühlings- und Herbstaufnahmen.

Als letztes nahm ich das Foto, das ich auf den Tisch gelegt hatte, drehte es nicht mehr um, sondern legte es zu unterst in einen der noch gefüllten Kästen, wohl wissend, dass es irgendwann wieder in meinen Händen landen würde, als wolle ich mich dem noch einmal stellen.

Mit einer Blues-Kassette ließ ich den Abend ausklingen. Als ich das Schlafzimmer betrat, machte ich kein Licht. Der Mond schien in die Fenster und führte Schattenspiele auf, die ich nicht zerstören wollte. Ich öffnete beide Fenster und legte mich dann in mein großes Bett. Vor meinem Auge waren noch Namen und Gesichter, und zum ersten Mal seit längerer Zeit fühlte ich mich in meinem Bett nicht allein, obwohl ich es körperlich war.

Vor einigen Jahren hatte ich festgestellt, dass, wenn ich an den Wochenenden aufwachte und nicht wusste, wie spät es war, es meistens 7.24 Uhr war. Im Wohnzimmer stand ein kleiner Funkwecker, der diese Stunde mehrmals gezeigt hatte, wenn ich um die Ecke lugte. Mal war es eine Minute mehr, mal eine weniger. Ich hatte dafür keine Erklärung, zumal ich auch zu unterschiedlichen Zeiten zu Bett ging. Sonst hätte ich ja noch mit dem Schlafbedürfnis in Stunden argumentieren können, das immer gleich sei. Einmal hatte ich von meiner Mutter gehört, dass ich gegen 7.30 Uhr morgens zur Welt gekommen sei. Ob es hier einen Zusammenhang geben konnte? An diesem Samstag ging ich vor dem Frühstück in den kleinen Supermarkt des Dorfes, um ein paar Einkäufe für das Wochenende zu erledigen. Ich hatte keine Lust, mit dem Wagen herumzufahren, um vielleicht in einem Geschäft mit einem besseren Angebot einzukaufen. Auch die Tageszeitung legte ich in den Korb.

Am Frühstückstisch las ich gern die Zeitung, wenn ich ohne Besuch war wie an diesem Tag. Als erstes öffnete ich stets den Teil mit den lokalen Ereignissen. In der Kommunal-Politik ging es wieder um den Spendenskandal, von dem schon bald niemand mehr etwas wissen wollte.

Ein Mord, weit weg – und eine Begegnung

Und wieder war in dieser Stadt eine junge Frau umgebracht worden, in den späten Nachmittagsstunden des Freitag. Sie sei grausam hergerichtet, schreibt der Reporter. Von dem Täter fehle jede Spur. Tatort sei der Forstbotanische Garten. Außer ein paar Fußspuren gäbe es keine Hinweise. Die Frau sei durch eine große Anzahl von Messerstichen getötet worden. Der Täter habe sich nicht einmal die Mühe gemacht, die Sterbende vom Wege zu ziehen und zu verstecken.

Die Polizeispezialisten und Psychologen zogen daraus den Schluss, dass es sich um eine Tat im Affekt gehandelt habe. Es werde äußerst schwierig sein, den Täter zu ermitteln, weil nicht davon auszugehen sei, dass es sich um einen bereits auffällig oder straffällig gewordenen Menschen handele. Ich sagte mir, dass unter bestimmten Umständen jedermann Opfer einer solchen Tat werden könne. Ich las weiter in der Zeitung.

Irgendwann kehrte ich noch einmal zu dem Mordartikel zurück, um mir das Pass-Foto der Frau genauer anzusehen. Es war nichts Auffälliges zu entdecken; sie war blond, mit klar blickenden freundlichen Augen, vielleicht vierzig Jahre alt, und lebte nun nicht mehr.

Ich war in meiner täglichen Praxis im Umgang auch mit Psychopathen schon des Öfteren mit Mordgedanken konfrontiert worden, sogar mit Situationen von Patienten, die von diesen selbst als gefahrvoll für das Leben anderer beurteilt worden waren. Wie schmal war häufig der Grad zwischen dem so genannten normalen Leben und einem begangenen Verbrechen. Früher hatte ich mir oft die Frage gestellt, ob jeder von uns fähig wäre, einen Mitmenschen umzubringen. Die Antwort auf die Frage lautete irgendwann: ja, jeder, unter bestimmten Umständen, ja. Ich sah mir noch einmal das Foto der Ermordeten an. Was hatte diese Frau getan oder in welchem Zusammenhang stand sie mit dem Täter. Musste es überhaupt einen Zusammenhang geben? Solche Morde erschienen immer so ohne jeden Sinn, und doch hatte es sicher auch in diesem Fall eine Art Vorarbeit oder Vorbereitung gegeben.

Ich fröstelte. An einem lichten Nachmittag war das geschehen. Der Mann musste die Frau beobachtet oder von Anfang an verfolgt haben. Vielleicht war er auch mit ihr zu diesem Ort aufgebrochen zu einem ganz normalen Spaziergang. Es könnte einen Streit gegeben haben, wie er alle Tage zwischen Menschen vorkommt, die dennoch nicht damit gerechnet haben, die sich verletzen, einander beschuldigen, körperlich angreifen oder sich auch für immer trennen. Selbst in dem Bewusstsein, dass dies alltäglich war, fehlte mir das Vorstellungsvermögen, mich jemals in einer derartigen Situation befinden zu können.

Irgendwie war mir die Lust an weiterer Lektüre vergangen. Ich ging in den Waschraum, um die Wäsche aus der Maschine zu nehmen und an die Leine zu bringen. Ein Nachbar mähte doch tatsächlich schon den Rasen, als wolle er an einem Wettbewerb teilnehmen. Es war Ende April und viel zu früh dafür. Manchmal kam es mir so vor, als säßen alle bereits mit ihren Motoren in den Startlöchern, egal, ob es sich um Traktoren, Rasenmäher, Kreissägen oder andere wichtige Utensilien handelte.

Der Winter war wieder einmal lang genug gewesen. Die Wäsche flatterte an der Leine. Ich roch daran. Das war einer meiner kleinen Ticks, dass ich den Duft im Freien trocknender Wäsche so sehr mochte. Ich beschloss, den Vormittag für einen Spaziergang zu nutzen. Die Dörfler mit den großen Hunden hätten die erste

Runde hinter sich, und ich könnte in Ruhe die Wege gehen, die ich gern gehen wollte. Da sich kein Besuch angekündigt hatte, war ich frei im Umgang mit der Zeit.

Ich zog die leichten Laufschuhe und eine Stoffjacke an und machte mich auf. Als ich das Dorf hinter mir gelassen hatte, fühlte ich mich wie immer in dieser Landschaft fast heiter. Ich schritt aus wie jemand, dem es gut ging und der nicht an Energiemangel litt.

Ich summte die Melodie eines brasilianischen Schlagers vor mich hin und versuchte mich an den Text zu erinnern, der sich jedoch nur bruchstückweise zeigte. Hier und da stieg eine Lerche auf, und in der Ferne sah ich einen Fuchs auf einem Feld, der mich noch nicht bemerkt hatte.

Als ich durch die zurzeit aufgelassene Kiesgrube ging, fühlte ich mich plötzlich klein und verloren angesichts der mich umgebenden hoch aufgetürmten Wände; eine Wunde in der unter Schutz stehenden Landschaft. Ein großer roter Bagger stand verlassen da. Oberhalb des Abbaugebietes verlief ein Wanderweg, der mit der Zeit immer schmaler geworden war, so nah hatte man den Sand abgegraben. Als ich noch einmal den Blick hob, sah ich, wie ein Mann den Weg hinunter eilte, mit schnellem Schritt bewegte er sich dem Punkt zu, wo er meinen Weg kreuzen würde. Das war ungewöhnlich, dass hier jemand ging, ein Mann allein und dann so schnell. Als wolle er mich abfangen, war mein Eindruck.

Wie komme ich denn auf diese Idee, fragte ich mich. Ich verlangsamte meinen Gang nicht. Wir gingen tatsächlich beide auf denselben Punkt zu. Ich hatte nicht öfters aufsehen wollen, so konnte ich nicht einmal mit Sicherheit sagen, ob er mich überhaupt wahrgenommen hatte. Die Art jedoch, wie er jetzt seine Geschwindigkeit abzuschätzen schien im Hinblick auf eine Begegnung mit mir und wie er entsprechend langsamer ging, ließ keinen Zweifel mehr zu.

Wider Erwarten musste ich feststellen, dass mein Herz schneller klopfte als zuvor. Außer uns beiden war kein Mensch in Sicht. Das war nicht ungewöhnlich. Ungewöhnlich war jedoch die Kleidung dieses Mannes. Er trug einen hellen Frühjahrsmantel, wie man ihn in den Städten sah; der Mantel war nicht zugeknöpft. Seine Schuhe waren ebenfalls Stadtschuhe und für solch abschüssige Wege, wie den zurückgelegten, ungeeignet. Das registrierte ich aus den Augenwinkeln, ohne den Kopf ganz heben zu müssen.

Es fehlten noch etwa zwanzig Meter bis zum Treffpunkt. Ich überlegte den Bruchteil einer Sekunde, ob ich die Route ändern und querfeldein zurückgehen sollte, dann wüsste ich gleich, ob er mir folgen würde oder nicht. Ich ging jedoch stetig in seine Richtung weiter. Er war bestimmt einen Meter achtzig groß, braunhaarig, etwa in meinem Alter, das Gesicht unrasiert, mit kleinen braunen Augen und einem schmallippigen Mund. Er bückte sich, um einen Stein aus dem Schuh zu entfernen, oder er gab dies nur vor.

Ich ging jetzt in die Offensive, indem ich auf den letzten Metern noch einmal den Schritt beschleunigte und dann, die Atemlose spielend, ihn grüßte und fragte, ob er von hier sei und sich auskenne. Gesehen hatte ich ihn im Dorf mit Sicherheit noch nicht. Er grüßte zurück, sein Blick traf mich jedoch nicht richtig, er schien irgendwie abwesend zu sein. Ich wiederholte meine Frage, und er antwortete, mehr verwirrt als klar, dass er sich verlaufen habe. Ich lachte, ein wenig zu laut. Er war irritiert, und ich klärte auf: „Wenn Sie den Hügel herunterhasten, müssen Sie zuerst hinauf gekommen sein. Aber man verläuft sich nicht, indem man einen unbekannten Hügel im Sturm erobert und dann, wieder unten angekommen, sagt, man habe sich verlaufen."

„Das stimmt so nicht", sagte der Mann jetzt mit klarer Stimme. „Ich nahm an, dass ich von oben, mit dem weiten Blick ins Tal, mich würde neu orientieren können."

„Da ist etwas dran", gab ich zu. Meine Bedenken waren verflogen. Ich versuchte mir ein Bild zu machen. „Woher sind Sie denn gekommen?"

„Aus Immekeppel", antwortete er willig. „Ich bin dort in der Klinik seit ein paar Tagen und sollte eigentlich zum Mittagessen wieder zurück sein. Vielleicht können Sie mir den kürzesten Weg beschreiben."

„Der kürzeste ist dornenreich und führt durch Unterholz und Gestrüpp nach kurzem Aufstieg steil bergab. Da könnten Sie schon den einen oder anderen Knopf am Mantel verlieren oder sich auf einige Winkelrisse gefasst machen", lachte ich ihn an.

„Das wäre nicht so schlimm, ich möchte nur nicht zu spät kommen."

Ich, die wie immer ohne Uhr unterwegs war, fragte nach der Zeit. Ihm blieb mehr als eine Stunde. „Da können wir ja ganz gemütlich einen bequemen Weg nehmen", empfahl ich ihm.

„Wieso wir, wollen Sie mich begleiten", fragte er überrascht.

Kurz entschlossen hatte ich das erwogen und sagte nun: „Warum nicht? Ich habe Zeit genug und kann bei der Gelegenheit mal einen insgesamt längeren Weg gehen." So kamen wir ins Gespräch. Ich wusste genau, was meine Freunde wieder sagen würden, wenn ich das erzählte. Da geht sie mit einem wildfremden Mann durch die Waldeseinsamkeit, kein Mensch weit und breit, wenn nun etwas passierte.

Innerlich lachte ich über diese Sätze, die zwangsläufig kommen würden. Ein wenig seltsam kam er mir schon vor, aber nicht unangenehm. Er hatte etwas Rastloses in seinem Verhalten, in seiner Gestik, und dabei eben auch diese zeitweise Abwesenheit. Sehr gesprächig war mein Begleiter nicht. Das war vielleicht auch besser so. So gingen wir nebeneinander her, die Schrittgeschwindigkeit war fast dieselbe.

Merkwürdig, dachte ich, hier gehe ich und fühle mich nicht schlecht. Freier als in Mangals Gegenwart. Obwohl der Vergleich absurd war, kam mir dieser Gedanke. Der Fremde neben mir begann plötzlich zu erzählen, warum er in der Klinik sei. Herz und Kreislauf müssten wieder in Ordnung gebracht werden; er habe seit kurzer Zeit einen Herzschrittmacher und sei noch nicht so richtig damit vertraut. Mir wurde merkwürdig zumute. Da lief jemand neben mir mit einem Herzschrittmacher. An dem hing also sein Leben. Vielleicht hatte er seitdem diese Rastlosigkeit. Er zählte mir auch noch auf, was er alles falsch machen könnte und sich damit in Gefahr begeben würde. Beruhigend war diese Aussicht nicht gerade für mich. Ich fragte mich, ob sein seltsamer Blick etwas mit der Tatsache des implantierten Herzschrittmachers zu tun haben könnte, musste das jedoch für mich verneinen, ohne es begründen zu können.

Nachdem die im Tal liegende Klinik in Sicht kam, verlangsamte der Mann seinen Schritt; offensichtliche Erleichterung war von seinem Gesicht ablesbar. Der Mann kann einem Leid tun, dachte ich bei mir. Was hätte er wohl ohne mich gemacht? An dem Punkt, an dem der Weg sich teilte, verabschiedete ich mich, und der

Fremde ging auf seine neue Wohnstätte zu, nicht ohne sich bedankt zu haben. Sein Mantel umflatterte im Wind die hagere Gestalt. Ich konnte gar nicht nachvollziehen, warum ich anfangs, als ich seiner ansichtig geworden war, Herzklopfen bekommen hatte.

Ich tauchte in den Wald ein, um den Rückweg abzukürzen und folgte dem Lauf des kleinen Baches. Der Weg war mir bekannt. Bald würde wieder alles grün sein. Darauf freute ich mich schon an diesem Tag.

Eifersucht und erstes Misstrauen

Den Nachmittag verbrachte ich lesender Weise im Garten. Danach setzte ich abends im Hause die begonnene Fotosortieraktion fort. Nachdem ich einem Hörspiel gelauscht hatte, fiel ich einigermaßen müde und zufrieden in mein Bett. Der Fremde kam in meinen Gedanken nicht mehr vor.

Sehr tief konnte ich nicht geschlafen haben, da ich mich plötzlich von hellem Scheinwerferlicht, das ins Zimmer drang, geweckt fühlte. Die Straße war zu weit entfernt, als dass das grelle Licht von dort hätte kommen können. So musste also jemand mit einem Auto die Auffahrt zum Haus hochgefahren sein. Ich blieb ganz still und flach im Bett liegen und wartete ab.

Ein Motor wurde abgestellt, eine Tür zugeschlagen. Da klopfte auch schon jemand an eines der Fenster. Ich rührte mich nicht. Ich hatte dünne helle, fast durchsichtige Vorhänge vor den Fenstern, doch der direkte Blick ins Zimmer war nicht möglich. Da vor dem Haus Dunkelheit herrschte, konnte ich niemanden ausmachen.

Ich wartete ab und nahm das lauter und schneller werdende Klopfen meines Herzens wahr. Da klingelte es schon an der Tür. Was sollte ich tun? Es war alles still. Plötzlich hörte ich wie durch einen Nebel meinen Namen rufen. Die Stimme kannte ich; es war Mangals. Irgendwie erleichtert, stand ich auf, zog mir einen Morgenmantel über und ging an die Haustür. Da stand er vor mir.

„Komm herein", sagte ich. „Was machst du denn hier?"

„Ich wollte dich mal besuchen", erwiderte er. „Um diese Zeit?" fragte ich zurück. „Ja, macht doch nichts, es ist doch Wochenende." Wie ich dann erfuhr, hatte er sich einen Leihwagen genommen, um mich zu besuchen. Obwohl in mir der Rest eines leisen Zweifels noch nachklang, glaubte ich ihm und freute mich über diesen Einfall.

„Ich hätte öfter kommen sollen", sagte Mangal. Als er mir in der Küche gegen-übersaß, wusste ich auf einmal, was mir auch an diesem Abend, wie damals bei dem Autounfall, zu denken gab. Mangal war wieder mit diesem Anzug bekleidet. Er kam um vier Uhr nachts in das Bergische Land gefahren, angeblich, um mich zu besuchen. Aber sein Gesicht sprach eine andere Sprache.

„Woher kommst du", konnte ich nicht unterlassen zu fragen.

„Aus Düsseldorf", sagte er.

„In dem Aufzug", hakte ich nach.

„Ja, ich hatte vorher noch eine Dienstbesprechung", erklärte er, „und danach bin ich nicht extra wieder nach Hause gefahren, um mich umzuziehen."

Und wieder stimmte irgendetwas nicht überein in seinem Verhalten und dem, was er sagte. Ich hatte keine Chance, das näher zu erkennen, es war und blieb nur ein vages Gefühl. Ich fragte ihn, ob er etwas essen wolle, aber ihn verlangte es nur nach einem Glas Wasser, er sei müde und wolle schlafen.

Wie selbstverständlich das alles ablief, als sei er bei mir zu Hause und könne kommen und gehen und sei auch jederzeit willkommen. Max hat später oft nach-gefragt, ob mir nie in den Sinn gekommen sei, dass er so massive Probleme mit sich herumtrage, die er allein zu lösen nicht in der Lage war. Dass er mich einfach brauchte, eben weil ich kaum Fragen stellte, und er sich bei mir sicher fühlte. Und es war tatsächlich so, dass ich nicht den geringsten Verdacht schöpfte, obwohl dieses diffuse Gefühl nicht verschwunden war, dass ein Rätsel in der Luft hing. Es war anscheinend keine echte Bedrohung. Ich ging vor ins Schlafzimmer. Mangal folgte mir. Seinen Anzug hängte er über einen Stuhl. Da ist ein Stück Papier heraus gefallen, sagte ich zu ihm, die das gesehen hatte, als er die Hose zusammenfaltete.

„Das hebe ich morgen auf." Dann legte er sich neben mich. Ich hörte ihn tief seufzen, aber er versuchte es so verhalten, dass es nicht als Zeichen in mein Bewusstsein drang.

So schliefen wir bald beide ein.

Am Morgen jenes Sonntags verließ ich das Bett wiederum gegen 7.30 Uhr. Das ist offensichtlich meine ganz persönliche Zeit, dachte ich. Mangal schnarchte vor sich hin. Das Kopfkissen war zerwühlt und feucht. Trotzdem, als ich sein Gesicht betrachtete, war alles an seinem Ausdruck wie immer. Ich hob den kleinen Zettel auf, der in der Nacht aus der Hosentasche gefallen war, es war wohl eine Art Kassenbon. Ich legte ihn auf den Schreibtisch, so dass er Mangal ins Auge fallen musste. Dann ging ich ins Badezimmer. Nach dem Ankleiden öffnete ich die Tür zum Garten und trat hinaus. Es war ein bemerkenswert milder Frühlingstag, es würde sicher angenehm warm werden. Ich freute mich. Ich hörte die Presseschau und die Acht-Uhr-Nachrichten im Deutschlandradio.

Währenddessen bereitete ich für mich das Frühstück. Wie ich ihn kannte, würde Mangal noch ein paar Stunden schlafen. Das von ihm gemietete Auto stand vor dem Haus. Ich begriff immer noch nicht, was ihn so in meine Nähe getrieben hatte, dass er dafür sogar die Kosten für einen Mietwagen nicht scheute. Aber was hatte ich von ihm und seinen Verhaltensweisen denn eigentlich jemals begreifen können? So gut wie nichts. Es waren mir nur Interpretationen möglich gewesen, und die mussten durchaus nicht zuverlässig dem entsprechen, was man Tatsachen nannte. Ein immer noch unausgeschlafener Mann setzte sich gegen elf Uhr an den Esstisch, als ich bereits im Garten tätig war. Ich sah ihn irgendwann, als ich einmal aufschaute, am Fenster stehen und winkte ihm zu. Dann musste er ins Bad entschwunden sein.

Mit einer Zigarette in der Hand trat er in den Garten. „Du machst ja seltsame Sachen", lachte ich ihn an, in einer Anspielung auf seine Anwesenheit an diesem Tag. Mir fiel auf, dass das sonst so klare Weiß seiner Augen rötliche Ränder aufwies. Das war neu für mich. Vielleicht hatte er zuviel geraucht, sagte ich mir. Aber das ging mich nichts an.

Er blieb stumm. Ab und zu, wenn ich es seiner Meinung nach nicht bemerken konnte, sah er mich an, als wollte er etwas sagen. Er ging auf und ab, wie ein Tier im Käfig beschritt er einen kleinen Kreis wieder und wieder. Plötzlich ging er auf mich zu, nahm mich in den Arm oder vielmehr drückte er sich in meine Arme, wie schutzsuchend klammerte er sich an mich. Dann hörte ich wieder diesen Seufzer, den ich in der Nacht schon zu vernehmen geglaubt hatte. Gegen meine Gewohnheit verhielt ich mich ruhig, stellte keine Fragen, und genau so spontan, wie er auf mich zugekommen war, löste er sich wieder.

Ich spürte in mir noch immer kein Verlangen, zu erfahren, was ihn bedrückte. Ich wollte nicht mehr involviert werden in seine Angelegenheiten, hatte eine distanzierte Position gewählt, auch wenn es mir schwer gefallen war. Der Entschluss dazu lag jedoch schon einige Wochen zurück. Übung hatte ich noch nicht in dieser Art von Verhalten, es wollte trainiert sein, da es gegen mein natürliches Wesen gerichtet war. Diese hier war die erste echte Gelegenheit, mir zu beweisen, dass ich das durchstehen konnte.

Ich schlug vor, einen Spaziergang am Bach entlang zu machen, der uns in ein schönes Tal führen würde. Er zeigte keine große Begeisterung, blieb jedoch einen Gegenvorschlag schuldig. Er sagte schließlich, er bliebe lieber ein wenig unter den Bäumen sitzen, und dann werde er auch bald fahren. Einen Moment lang kam wieder dieses bekannte Gefühl der Enttäuschung hoch; mir gelang es, dieses abzuwenden und mit fester Stimme zu sagen, dass ich dann eben allein ginge. Wenn er bereits weg sein sollte, bevor ich zurückkäme, könne die Haustür getrost unabgeschlossen bleiben, er müsse nicht auf mich warten. Ich verabschiedete mich, zog mich an und ging hinaus.

Mein Weg war ein anderer als am Vortag. Umso erstaunter war ich, als ich nach einer Viertelstunde strammen Gehens genau diesen Mann wieder traf, den ich zu seiner Klinik zurückgeführt hatte. An diesem Tag war er wesentlich aufgeräumter; er hatte mich sogleich erkannt. Wir blieben eine Zeitlang stehen und unterhielten uns. Ich fand ihn ganz geistreich; auch war er zum Lachen in der Lage, was ich nicht erwartet hatte. Offensichtlich verband er mit seinem Aufenthalt in der Klinik die Aussicht auf wirkliche Hilfe für sein gesundheitliches Problem. Ich freute mich mit ihm.

Wir mochten wohl zwanzig Minuten im Gespräch gewesen sein, als ich meinen Augen nicht traute. Mangal kam denselben Weg entlang auf uns zu. Als er näher kam, sagte ich zu dem Fremden, dass mein Bekannter dort käme und ich mit diesem den Weg fortsetzen würde. Indessen hatte Mangal seinen Schritt beschleunigt, so dass er bald auf unserer Höhe war. Ich wollte nicht unhöflich sein und überlegte kurz, die beiden einander vorstellen. Dabei wusste ich noch nicht einmal den Namen des Mannes. Bevor ich jedoch zum Fragen kam, hatte Mangal bereits meine Hand ergriffen und mich weggezogen. Es war mir gerade noch möglich, auf Wiedersehen zu sagen, dann stolperte ich hinter dem wilden Mangal her.

"Habe ich dich hier erwischt", schrie er mich an. Ich versuchte mich aus seinem Handgriff zu befreien, was mir nicht gelang, so fest hatte er meine linke Hand gepackt.

„Lass mich los", sagte ich laut, „was soll das?"

„Was das soll", fragte er rau zurück. „Das wirst du doch am besten wissen. Dich darf man nicht aus den Augen lassen. Ich hatte wieder mal meinen siebten Sinn. Und mir erzählst du, dass du immer allein bist!"

"Ich kenne diesen Mann überhaupt nicht", beteuerte ich, obwohl ich das eigentlich nicht wollte. Mitten am helllichten Tag erhielt ich darauf hin von dem vor Wut glühenden Mangal eine Ohrfeige, dass mir Ohr und Gesicht brannten.

„Lass mich sofort los, du Ungeheuer", wagte ich zu rufen. Aber er zog mich, bis wir in die Nähe der Häuser kamen. Dann ließ er meine Hand plötzlich los und zündete sich eine Zigarette an.

Zu Hause angekommen, sobald die Hautür hinter uns geschlossen war, drängte er mich noch im Hausflur an die Wand und drohte mir, falls ich nicht alles offen legen würde. Auf meine Antwort, ich hätte nichts zu erzählen, schlug er wieder auf mich ein. Dieses Mal traf er mich am Kopf. Er drückte mich mit aller Kraft gegen die Wand und schlug wieder und wieder auf mich ein. Ich bekam kaum Luft. Ich war dazu übergegangen, zurückzuschlagen, weil ich es nicht einfach geschehen lassen wollte. Gleichzeitig war ich entsetzt, dass ich in der Lage war, einen Menschen zu schlagen. Und das auch noch mit einer ungeheuren Kraft. Vor Wut begann ich zu weinen. Mangal gewann wieder die Oberhand, weil er auf mein Geständnis wartete. Immer, wenn eine Frau weinte, würde ein Geständnis folgen, das war für ihn ohne Frage.

"Das machst du nie wieder mit mir", sagte ich unter Tränen. „Ich dachte, du hättest aus dem letzten Mal gelernt!"

„Mit dir kann man ja nicht anders umgehen", bellte Mangal.

„Ein deutscher Mann würde so etwas nie machen", schluchzte ich in meiner Verzweiflung. „Ich habe das noch nie erlebt! Max sagte auch, das wäre ein Grund für deine Ausweisung aus Deutschland!"

Das war zuviel. Ehe ich mir dessen bewusst war, höhnte Mangal: „Ach ja, ein deutscher Mann, der hat nur Angst; und dein Zuhälter Max sollte besser ruhig sein. Der ist ja nur hinter dir her!! Das kannst du ihm ausrichten. Oder habt ihr auch schon etwas miteinander?"

„Du leidest ja unter Verfolgungswahn", ließ ich mich hinreißen zu sagen. Ich nahm noch wahr, wie es in ihm arbeitete und er zu einer Entscheidung kommen wollte. Er entfernte sich von mir, ging in die Küche und trank ein Glas Wasser. Dann sagte er, es sei besser, wenn er jetzt gehe. Ich hörte die Tür zuschlagen, den Motor des Mietwagens starten, und ich hörte die Stille danach.

Das Geständnis

Es muss einen nicht wundern, wie es plötzlich zu einem Mord kommt, dachte ich. Es ist schneller geschehen als man denken kann. Und die Umwelt steht staunend daneben, wenn sie es in der Zeitung liest. Ich trat im Badezimmer vor den Spiegel, um mein Gesicht zu betrachten; es brannte immer noch, vielleicht auch vor Scham, jemals in eine solche Lage geraten zu sein. Meine Augen waren vom Weinen gerötet.

Ich fühlte jedoch kein Mitleid mit mir selbst, sondern verfluchte meine Gutmütigkeit und vor allem die Langmut, die ich bisher diesem Menschen gegenüber bewahrt hatte. Wie kam ich aus diesem Dilemma heraus. Alles war wie in einem feinen Netz miteinander verknüpft, und ich hatte einen beträchtlichen Teil dazu beigetragen. Dazu kam dann auch noch die Geschichte mit dem geliehenen Geld und meinem Wagen.

Max hat mich damals nicht informiert; er erfuhr erst sehr viel später, was sich zwischenzeitlich alles ereignet hatte. Wenn ich doch nur einmal den Mut gehabt hätte, ihn des Geldes wegen anzusprechen, er hätte Druck ausüben und dadurch möglicherweise viel Unheil von mir, von uns allen abwenden können. Aber was einmal ins Laufen gekommen ist, scheint keiner aufhalten zu können. Dem muss eine eigene Ordnung innewohnen, die uns in ihrer Logik nicht zugänglich ist. Wie sonst lässt es sich erklären, dass Menschen dort still halten, wo sie eigentlich schreien müssten und dort schreien, wo sie eigentlich still zu sein hätten. Eine Sekunde zu früh oder zu spät an einem bestimmten Ort entscheidet manchmal über das weitere Leben eines Menschen. Das hat Max immer schon beeindruckt. Obwohl er nicht wie ich Psychologe war, glaubte er an eine Entschlüsselung in der

Zukunft. Aber wie sollte er je den Beweis antreten? Zwei Tage später in Düsseldorf stand plötzlich in einer der Pausen, die ich während der Therapien einlegte, Mangal in der Tür der Praxis. Er sah aus, als hätte er einen Dauerlauf hinter sich; nur wusste ich, dass das nicht sein konnte. Also fragte ich ihn, was er wolle.

„Ich brauche noch mehr Geld", sagte er, ohne mir ins Gesicht zu blicken.

„Ich habe noch fünf Minuten, bevor die nächste Patientin hier erscheint", sagte ich, „und ich habe kein Geld."

„Wir müssen reden", sagte Mangal, „es ist wichtig."

„Gut, heute Abend, im Kurfürstenhof, um acht Uhr."

Er war bereit zu gehen. „Du kommst auch wirklich", fragte er, indem er sich noch einmal umsah.

"Natürlich", sagte ich, als hätte ich eben die Frage nach dem bezahlten Krankenkassenbeitrag beantwortet.

Wie sollte ich mich mit derselben Intensität wie früher meinen Patienten widmen, solange dieser Mann in meiner Umgebung blieb. Ich sah sehr wohl, wie alle Wertvorstellungen sich inzwischen verschoben hatten, so wie die Last auf einem havarierten Frachtschiff dasselbe zum Kentern bringen kann, war mein Leben nach meiner eigenen Einschätzung ein instabiles geworden, das es zu stabilisieren galt. Aber wie sollte das geschehen? Ich wusste mir keinen Rat, und meine Freunde hätten mir etwas erzählt, wüssten sie von meinen heimlichen Achterbahnfahrten! Nein, ich hoffte auf die Zeit; zwar schielte ich mit einem Auge immer in die Schicksalsecke, von der ich mir etwas erwartete; als habe ich es verdient, nun langsam mal begünstigt und nicht weiter gebeutelt zu werden. Genauso gut hätte ich zum Gebet übergehen können, was mir nun gar nicht lag. Also hatte ich wohl die Lösung in mir selber zu suchen. Ich seufzte; das konnte ich inzwischen gut. Es waren dies aber auch nur kleine heimliche Seufzer, die ich mir erlaubte.

Warum wirke ich nur so stark, ich bin es doch in Wirklichkeit nicht, fragte ich mich nicht das erste Mal. Was muss ich ändern, damit dieses Bild von mir verschwindet und dem richtigen Platz macht?

Ich fragte mich in den kleinen Pausen zwischen den Gesprächen mit meinen Patienten, was wohl am Abend auf mich wartete. Geldgeschichten waren für mich das letzte, was ich besprechen wollte. Und Mangal benötigte anscheinend noch mehr davon. Ich hatte nirgends ein Zeichen entdecken können, dass er Geld ausgegeben hatte. Man sah nichts, nicht an ihm, nicht in seiner Wohnung; einen Wagen hatte er auch noch nicht wieder. Schuldete er dem ominösen Bekannten mehr, als er vor Wochen gesagt hatte? Ich hasse so etwas, sagte ich laut zu mir.

Im Kurfürstenhof sah ich beim Eintreten Mangal nachdenklich auf einem Hocker sitzen. Als er mich bemerkte, kam Hoffnung in seinen Ausdruck. „Danke, dass du gekommen bist."

Ich bestellte mir Campari mit Orangensaft; Wasser allein wäre mir jetzt nicht ausreichend; vielleicht sollte ich mir gleich einen Aquavit bestellen, sagte ich mir. „Nun zur Sache bitte", eröffnete ich das Gespräch. Das war weder meine Art, ein Gespräch zu eröffnen, noch der Ton, den man von mir kannte. Dennoch wurde ich von Mangal nicht zurechtgewiesen.

„Lass uns das hier austrinken und in deine Wohnung gehen, ich kann hier nicht mit dir über solche Dinge sprechen", bat Mangal. „Nein, das möchte ich nicht", erwiderte ich. „Bitte, fang' an!" Offensichtlich suchte er nach Worten. „Du hast nichts bemerkt, obwohl ich einige Male versucht habe, dich mit der Nase darauf zu stoßen", sagte er.

„Hör' bitte auf, mit deiner orientalischen Art die Dinge erst nach einer Stunde auf den Punkt zu bringen", bat ich, die endlich wissen wollte, warum ich mich an diesem Ort befand, mit ihm, und was denn so wichtig sei.

"Das letzte Mal, der Zettel aus meiner Hose, den hatte ich extra fallen lassen, damit du ihn dir ansiehst."

„Ja, und", fragte ich, „was war das denn?"

„Eine Eintrittskarte für das Kasino in Aachen."

„Ja, und weiter?" fragte ich, die immer noch nichts damit anfangen konnte.

„Da bin ich fast jede Nacht", sagte Mangal und sah mich an.

„Jede Nacht", fragte ich gedankenverloren, genauso gut hätte er mir erzählen können, er sei schwanger. Das ging nicht in mein Bewusstsein, das war so fremd, so weit weg. Ins Kasino, zum Spielen. „Also, da gibst du dein Geld aus, willst du mir sagen; das, was du im Büro und abends als Taxifahrer verdienst, bringst du dorthin?"

„Nicht nur das", antwortete Mangal ernst. „Auch das, was mir nicht gehört." Langsam erwachte ich aus meiner Lethargie. „Auch das, was dir nicht gehört? Zum Beispiel das Geld von Max?"

„Ja, auch von meiner Bank den Überziehungskredit", gestand Mangal mir. „Und du gewinnst nicht, verlierst nur?" „Nein, ich gewinne auch." „Und dann gehst du mit dem Gewinn nach Hause?" „Manchmal." „Dann bringst du das Geld auf die Bank?" „Nein, dann liegt es bei mir zu Hause." „Und dann? Erzähl doch bitte und lass mich nicht soviel fragen", bat ich. So ruhig ich wirkte, und Mangal bemerkte nur meine Ruhe, so alarmiert war ich im Innersten. „Spielst du am Automaten oder am Tisch", fragte ich ihn.

„Nur am Tisch." „Wie lange machst du das schon?" Ich hielt innerlich den Atem an. „Vielleicht zehn Jahre."

Mangal machte gerade nicht den Eindruck des Niedergeschlagenen, wahrscheinlich war es das erste Mal, dass er von seiner Sucht sprach. Und er benutzte dieses Wort tatsächlich.

Obwohl das Gespräch Verhörcharakter hatte, ließ Mangal es weiterhin zu. Er musste in sehr starker Bedrängnis sein. „Jetzt habe ich so viele Schulden, dass ich sie in den nächsten Jahren nicht werde abbezahlen können", sagte er. „Meine Mietzahlungen sind auch nicht auf dem Laufenden. Das Schlimmste ist, dass ich einen meiner gut bezahlten Nebenjobs verloren habe."

„Du hattest noch eine weitere Arbeit neben dem Taxifahren und deinem Bürojob", fragte ich ganz erschüttert.

„Ja", gab er zu, „und ich habe nicht schlecht verdient. Nun ist alles aus."

Ein Film spulte in großer Geschwindigkeit vor mir ab: seine Wohnung am Abend, wenn er in Eile das Haus verlassen hatte, sein Auftauchen nach Mitternacht in meinem Dorf, sein schlechtes Aussehen, seine Ablehnung, mit mir Urlaub zu machen. Es verdichteten sich die Szenen zu einer ungeheuer großen Tatsache, die mit einem einfachen Wort zu bezeichnen war: Mangal war spielsüchtig, und das seit vielen Jahren. Als erriete er meine Gedanken, sagte er: „Ich habe ein Vermögen dorthin getragen." „Das glaube ich", sagte ich. „Nur nach Aachen?" „Nein, auch nach Bad Neuenahr", sagte er. Wieder ein Punkt in meiner Sammlung, dachte ich, sprach es aber nicht aus. Der Unfall damals, wahrscheinlich kam Mangal aus dem Kasino mit leeren Händen, ganz verzweifelt, und dann war das Auto nicht in Ordnung, und da ist es passiert. Armer Kerl!

„Was machen wir jetzt?"

„Ich möchte aufhören", antwortete er.

„Hast du es schon versucht?"

„Nein, allein schaffe ich es nicht. Ich möchte mich sperren lassen."

Ich ließ mir diesen Vorgang und seine Konsequenzen erklären. Er war offensichtlich gut informiert. „Würdest du mir helfen?" Er ergriff meine Hand.

„Wie kann ich dir denn dabei helfen", fragte ich zurück, da ich es wirklich nicht wusste.

„Du begleitest mich einmal dorthin, ich spiele noch ein letztes Mal und dann lasse ich mich in deinem Beisein sperren."

„Gut, sagte ich zu, „wenn das so einfach und zuverlässig ist, dann gern. Wann soll das sein?"

„Am Donnerstag", sagte er, als hätte er diesen Abend wirklich schon dafür eingeplant. „Ich danke dir, dass du mir helfen wirst. Aber bitte, versprich mir, mit niemandem darüber zu reden!"

Ich versprach es ihm. Ich bestellte mir noch einen Campari, den ich ziemlich rasch austrank und forderte den Aufbruch. Er begleitete mich bis vor die Haustür, was er lange nicht getan hatte. Wir sagten uns gute Nacht. Die Nacht, die ich dann verbrachte, würde ich ein Leben lang nicht mehr vergessen, wusste ich, nachdem ich sie endlich doch überstanden hatte. Aber es war nur die erste einer Reihe ähnlicher Nächte.

Nicht genutzte Chance

Während meines Studiums hatte ich Gelegenheit gehabt, einige Theorien über die Spielsucht zu erfahren. Viel gab es nicht im Vergleich zu anderen Süchten. Therapeuten sahen Spielsüchtige selten. Sie kamen, wenn überhaupt, dann meistens nur einmal, weil aus der Familie oder von Freunden ein entsprechender Wunsch geäußert worden war. Die wenigen bestehenden Modelle, das wusste ich, waren extrem widersprüchlich. Es mangelte einfach an langjährig untersuchten und begleiteten Fällen und lange Zeit auch an der Einstufung der Spielsucht als Krankheitszustand.

Eines stand fest: die zerstörerische Macht der Spielsucht war unumstritten. Aus lauter Hilflosigkeit hatten die forschenden Fachleute versucht, Spielsucht mit stoffgebundenen Abhängigkeiten wie Alkoholismus gleichzusetzen. Das hatte nicht funktioniert, war viel komplexer, soviel wusste ich. In meiner Praxis war ich bereits einmal in Verlegenheit geraten, als ein Mann eine Selbsthilfegruppe suchte, weil er merkte, er verspielte Haus und Hof, und weil er wusste, dass selbst das ihn nicht vom künftigen Spiel abhalten würde.

Damals war für mich die Diskrepanz offenkundig geworden zwischen Therapieangebot und Nachfrage. Und darüber hinaus hatte ich den Eindruck aus der einschlägigen Literatur mitgenommen, dass man den Kranken ein bestimmtes Modell überstülpen wollte, weil man sich selbst nicht zu helfen wusste. Wenn ich mir nun vorstellte, was das für Mangal bedeutete, der dringend einer Hilfe bedurfte, wurde mir ganz schwindlig zumute. Und schon wieder war ich in etwas hineingezogen, was ich mir nicht ausgesucht hatte. Warum nahm das kein Ende? In dieser ersten Nacht nach der Eröffnung durch Mangal lag ich in meinem Bett und versuchte mir die Tragweite klarzumachen. Dabei ging ich zuerst in seine Vergangenheit. Einige Meilensteine in seinem Leben waren mir bekannt, und wenn ich wollte, konnte ich leicht und schnell einige Ansätze für Erklärungen herbeirufen. Bei der Phantasie, mit der ich ausgestattet war, brach die ganze geballte Tragik über mich herein, und ich weinte um ihn viele, viele Tränen.

Mit einem Mal war es sonnenklar, warum dieser Mann mich nicht losließ; das lief intuitiv ab, und ich hatte bei seinem klaren Verstand und seinem siebten Sinn kaum eine Chance, mich dem zu entziehen. Hinzu kam, dass ich grundsätzlich hilfsbereit war. So machte ich in dieser Nacht noch alles klar – gedanklich zumindest – um mit ihm gemeinsam seinen Vorschlag in die Tat umzusetzen, komme, was da wolle.

Die Verabredung für den Donnerstag sah so aus, dass Mangal mich gegen 21.00 Uhr abholen würde, damit wir gemeinsam nach Aachen ins Kasino führen. Mangal war pünktlich an der Tür. Ich sah ihn befremdet an, wie er wiederum in jenem Anzug, der mich von Beginn an irritiert hatte. bei mir auftauchte. Zu allem Überfluss lugte auch noch der Zipfel einer Krawatte aus der Jackentasche.

Im Übrigen war ich nicht aufgeregt. Ich versuchte mir vorzustellen, was diese nächtlichen Fahrten für den Mann bedeutet hatten, vor allem die Rückfahrten mit all den Enttäuschungen und der sich dann wieder schließende Kreis durch erneute Versuche, das verspielte Geld wieder zurückzuholen. Alles in dem Wissen, dass es sich letztlich um seine Existenz handelte, die er verspielte. Das Lügengebäude, das er errichten musste, die Angst, dass ihn jemand dort erkennen würde. Wie er erzählte, war das auch tatsächlich einige Male passiert, und er hatte darauf hin den Ort gewechselt. Er sagte, er habe einen Blick dafür bekommen, welche der Spielenden süchtig und welche es nicht waren. Er habe eine Menge an Studien treiben können. Während der Autofahrt begann es zu regnen; die Dunkelheit, das an die Windschutzscheibe spritzende Regenwasser, die entgegenkommenden blendenden Scheinwerfer, all das zusammen genommen betonte die Trostlosigkeit eines solchen Unterfangens. Wie sollte das mit einem Schlage geheilt werden können?

Ich saß still auf dem Beifahrersitz und war trotz aller Gedanken gespannt auf das, was mich dort erwarten würde. Ich hatte bisher noch kein Spielkasino betreten. In anderen Zusammenhängen hatte ich mir sehr wohl schon einmal die Frage gestellt, ob ich der Typ sei, in eine Art Suchtverhalten zu geraten. Verneinen mochte ich es der Ehrlichkeit halber nicht; eine Antwort wäre jedoch nur hypothetisch.

Und nun saß dieser Mann neben mir, der seine gesamte Energie vergeudet hatte, um auf schnelle Weise zu Geld zu kommen oder aber die Spiele seiner Kindheit fortzusetzen und sich damit jeder Verantwortung zu entziehen, oder aber das gestörte Verhältnis zur Mutter auf diese Weise zu ertragen oder aber das übermächtige Vaterbild, gegen das er nicht angekommen war, oder aber mit seiner Heimatlosigkeit auf diese Weise fertig zu werden, oder, oder, oder. Mir wurde ganz schwindlig zumute, wenn ich mir ausmalte, wohin eine Therapie führen könnte, und sie würde ein viertel Jahrhundert dauern müssen. Ich staunte nicht schlecht.

Ich war in früheren Jahren häufig in Aachen gewesen und auch am Kasino vorbeigefahren. Wie anders war das heute! Dieses hell erleuchtete Gebäude strömte eine Verheißung aus, der zu widerstehen nicht einfach schien. Im Eingangsbereich verstärkte sich dieser Eindruck noch, wenngleich ich nicht Menschen, sondern einfach nur Seelen dort herumspazieren sah, die sich dem ausgesetzt hatten oder nicht anders konnten, deren zweite Heimat dieses Haus geworden war. Es hatte bei seinem biederen Charakter, der ihm trotz allen Glanzes auch anhaftete, etwas Pseudo-Mondänes hier in dieser Provinzstadt. Man spielte große Welt mit Geld oder Chips in der Tasche und war so klein vor seinem Unglück oder auch so klein in seinem vermeintlichen Glück.

Ich fröstelte. Mangal ließ sich mit mir kurz im Restaurant nieder; wir hatten verabredet, dass er einige Runden spiele, um sich dann zu verabschieden, in dem er sich sperren ließ. Danach wollten wir dieses Ereignis gemeinsam feiern, indem wir in aller Ruhe von den angebotenen Speisen wählen, ein Glas Wein trinken würden, um uns dann wieder auf den Weg in unsere Stadt zu begeben. Er mit dem Gefühl, es sei noch nicht alles verloren, ich mit dem Wissen, ihn unterstützt zu haben.

Mit einem relativ kleinen Betrag an Bargeld zog Mangal, nachdem er ein Glas Wasser getrunken hatte, ab in einen der Räume, in deren Geheimnisse ich nicht eingeweiht werden sollte. Eigentlich war das mein Wunsch gewesen; Mangal hatte es jedoch strikt abgelehnt, ohne es näher zu erklären. Ich akzeptierte letztlich. Wenn ich wollte, konnte ich jederzeit ein Kasino betreten. Ich bestellte mir etwas zu trinken und begann in einem Buch zu lesen.

Immer wieder betrachtete ich die anderen Gäste, die hin- und herliefen, sich nie lange an der Bar oder im Restaurant aufhielten, als seien sie getrieben, weiter zu machen, was wahrscheinlich auch der Fall war. Eine merkwürdige Stimmung umgab mich. Mit Distanz in einer fremden, sogar gefahrvollen Welt zu sitzen, in der sich näher als sonst zum eigenen Leben die tragischen Schicksale erfüllten, war für mich ein spannendes Ereignis. Noch überwog die Neugier. Ich durfte nur nicht an die vergangenen Jahre denken, in denen dieses Haus und ähnliche andere eine

Zufluchts- und Wirkungsstätte Mangals gewesen waren. Wie gut, dass das an diesem Abend oder in dieser Nacht vorläufig oder auch für immer zu Ende ging. Der Gedanke an die Zukunft ohne diesen Kreis von Enttäuschungen und Hoffnungen und wieder Enttäuschungen für Mangal stimmte mich fast heiter.

Ich hatte gar nicht bemerkt, wie die Zeit vergangen war, seit ich allein dort saß. So war ich fast verwundert, als Mangal auf sich aufmerksam machte, nachdem er mir gegenüber Platz genommen hatte. Er winkte den Ober heran und bestellte ein Bier für sich. Ich sah ihn fragend an, da ich eigentlich beschlossen hatte, hier zu Abend zu essen. „Was ist los mit dir", fragte ich ihn. „Nichts", sagte er.

Da war er schon in seine alte Rolle zurückgekehrt, zu der mir der Zugang verwehrt war. „Hast du alles erledigt, was du vorhattest?" „Nein", antwortete er, „heute ist nicht der richtige Tag. Ich habe schlecht gespielt. Ich muss noch einmal zurückkommen."

Ich staunte ihn nur an. Aus meinem Mund entließ ich den angestauten Atem, der wie Luft aus einem zerstochenen Reifen langsam entwich. Ich wandte meinen Blick nicht von ihm, bis es mir selbst komisch vorkam. Es lag mir fern, ein Urteil zu fällen, obwohl mir einiges an Worten auf der Zunge sehr schwer wog.

Wenn ich es doch ein für alle Mal herauslassen könnte, dachte ich, um diesen Mann dann auch endgültig los zu sein. Er benutzt mich doch nur wie ein Spielzeug oder eine Arznei, je nach Bedarf. Ich war gar nicht so sicher, dass das stimmte, wenn ich in Mangals Augen blickte. Er schämte sich, das war unübersehbar, wieder war ein Stück seiner Ehre abgebröckelt, von der er sowieso nicht mehr viel vorzuweisen hatte. Es musste schwer auf ihm lasten, so zurückzukommen, nachdem er voller Mut und Tatkraft an diesem Abend mit mir gemeinsam aufgebrochen war. Aber was nützten diese Gedanken, und wem nützten sie. „Lass' uns dann bitte gehen, ich muss morgen früh aufstehen", sagte ich, „bitte zahle die Rechnung. Ich bin nicht in der Lage, jetzt irgendetwas zu essen., du doch sicher auch nicht, oder?"

„Nein", antwortete Mangal, „ich würde gern eine Zigarette rauchen." Er war ganz ruhig, zu ruhig, fand ich. Aber zu einem tröstenden Wort wollte ich mich nicht aufraffen. Das fand ich unangemessen.

Die Freunde sorgen sich

So war diese Chance vergeben. Ich dachte, dass Mangal so denken müsse. Aber es handelte sich wieder einmal lediglich um höchst eigene Interpretationen mir nicht bekannter Gedanken. Und das war mehr als vage. Das war weniger als Spekulation. Das war gar nichts. Alles war zurzeit wieder gar nichts, was am Horizont gestanden hatte; noch vor drei oder vier Stunden war leichte Fröhlichkeit in uns gewesen im Bewusstsein, diese Hürde wäre zu überwinden. Nichts war überwunden; alles konnte unendlich so weitergehen.

Ich war wie befreit, als ich die Tür meiner Stadt-Wohnung hinter mir geschlossen hatte. Warum war mein Leben dermaßen aus dem Ruder gelaufen? Wenn es wenigstens nur mein Leben und mein Ruder wäre, aber es waren Mangals, und was hatte ich damit zu tun?

Obwohl es schon drei Stunden nach Mitternacht war, verspürte ich keine Müdigkeit. Ich hatte nicht einmal die Tageszeitung gelesen. Mit einem Glas Rotwein machte ich es mir auf dem Sofa bequem. So erfuhr ich zu dieser späten oder frühen Stunde, dass die Ermordete vom Freitag eine Düsseldorferin gewesen war, die in Köln als Fremdsprachensekretärin gearbeitet hatte. Sie schien einen großen Bekanntenkreis rund um den Bezirk des Eigelsteins gehabt zu haben, der inzwischen fast vollständig von den Beamten der Mordkommission verhört worden war. Auch die Eltern des Opfers waren mit einem Foto in der Zeitung vertreten. Die Tat war wie immer für alle Betroffenen unvorstellbar, grausam und unsinnig. Welche Worte sollte man auch sonst wählen; und immer die Frage nach dem Warum. Warum gerade sie? Welches waren ihre Feinde? Die Abfragemuster wichen niemals voneinander ab, wie sollten sie auch. Es gab eine Spur, die zurzeit verfolgt wurde, aber niemand glaubte so recht, dass die Polizei damit weiter kommen würde. Bei der Obduktion hatte man festgestellt, dass die Frau an der Innenseite des linken Unterarms, schon in der Nähe des Handgelenks, ein eingraviertes Wort aufwies. Eigentlich war es keine Gravur, auch keine Tätowierung; niemand hatte bis jetzt das richtige Fachwort für diese Sache gefunden. Das Wort „Hure" war jedenfalls lesbar, wie eingestempelt, jedoch mit einer Spezialfarbe, wahrscheinlich unter dem Druck von Nadeln, in die Haut eingeprägt.

Das wurde zum großen Rätsel in diesem Mordfall. So etwas gab es bisher in Düsseldorf nicht; auch aus anderen Fällen war dieses Merkmal nicht bekannt. Und es handelte sich tatsächlich um ein Merkmal. Die Eltern des Opfers kannten ihre Tochter auch nur ohne diese Prägung. Alle Befragten waren höchst empört über das gewählte Wort, so dass es für mich schon wieder einen komischen Charakter bekam.

Was spielte das angesichts des Todes der Frau noch für eine Rolle; höchstens im Hinblick auf eine Überführung des Täters hatte es eine Bedeutung, was aber eher unwahrscheinlich war, wenn er mit dieser Brandmarkung überhaupt etwas zu tun haben sollte, was ja nicht feststand. Im Übrigen war die Ermordete schwanger gewesen. Ich konnte nicht anders, als an diesem Fall mitzuarbeiten. Als Psychologin versuchte ich das Motiv zu ergründen. Eine Frau wird durch zahlreiche Messerstiche so schwer verwundet, dass sie daran stirbt. Der Täter hat angeblich im Affekt gehandelt, trägt jedoch eine Art Stempel und Farbkissen in der Tasche, um das Opfer anschließend noch kurz mit einem neuen Namen zu versehen. Wenn das kein Vorsatz war! Der konnte doch nicht ganz richtig im Kopf sein. Ich entschuldigte mich bei mir selbst für diese unfachmännische Beurteilung, blieb aber dabei. Zumindest das Wort, um das es ging, ließ den Schluss zu, dass der Täter zu dem

Opfer in irgendeiner näheren Beziehung gestanden haben musste. Mir ging langsam auf, dass ich doch den Mörder und den Kunstmaler in einer Person vereinigt sah. Das war nun auch für die Polizei eindeutig erwiesen. Auf Grund welcher Beweisführung auch immer. Aber da war niemand, dem man unter Nennung seines Namens die Schuld zuweisen konnte. Die halbe Stadt war auf der Suche. Es hatte etwas von einem Ratespiel. Im Forstbotanischen Garten hatte man keinen Zeugen ausfindig machen können, der auch nur den kleinsten Hinweis lieferte. Als wäre sonst niemand unterwegs gewesen an jenem Nachmittag.

Ich erinnerte mich, wie ich an dem bezeichneten Freitagnachmittag von einer großen Unruhe erfasst worden war, die ich nicht zu deuten gewusst hatte. Als hätte ich zu diesem Fall eine Verbindung, jetzt bin ich wohl übergeschnappt, dachte ich. Das musste an dem Rotwein liegen. Zwei Gläser hatte ich recht zügig nacheinander ausgetrunken, ohne zu Abend gegessen zu haben. Da brauchte ich mich nicht zu wundern. Außerdem sah ich zwischen den Zeilen des Zeitungsartikels immer wieder diverse Ausprägungen von Roulette-Tischen. Und trotzdem, ich versetzte mich noch einmal in die Stimmung des Nachmittags unter den Bäumen. Und dann fiel mir plötzlich die Kommilitonin ein, die von einem schweren Schicksal heimgesucht war und sich mir eines Tages anvertraut hatte, als wieder einmal alles über ihr zusammengebrochen war. Diese Frau konnte schon in jungen Jahren bei der Begegnung mit einem beliebigen Menschen, sei es auf der Straße, sei es ein Bekannter oder Freund, voraussehen, wenn dieser kurz vor dem Ableben stand. Der so von ihr Durchschaute musste nicht etwa krank sein oder sich schon in der Agonie befinden. Es reichte die bloße Anwesenheit. Für mich war die Fähigkeit dieser Frau zunächst ziemlich unglaubwürdig gewesen, bis sie über einen längeren Zeitraum Zeuge dieses schrecklichen vorweggenommenen Wissens wurde und einige Beweise miterlebt hatte. Was es alles auf dieser Welt gab! Wenn ich so weitermache, dachte ich, werde ich für den Rest der Nacht den Schlaf vergessen können. Also gehe ich lieber gleich ins Bett und versuche, den ganzen Spuk zu vergessen. Als ob es nicht reichte, was ich an diesem Abend selbst erlebt hatte.

Die Zeitung landete auf einem Stapel, der schon für den Müll bestimmt war. Ich schlurfte mehr, als dass ich ging, ins Badezimmer, putzte mir brav die Zähne und ließ mich genüsslich in mein Bett fallen. Bald klappten mir die Augenlider herunter. Im Traum, den ich nach langer Zeit mal wieder hatte, jedenfalls einen, an den ich mich auch erinnern würde, drehte sich eine Roulettescheibe bunt in schneller Geschwindigkeit, dass meine Augen Mühe hatten zu folgen. Und wie von Zauberhand schoben sich große Mengen von Chips auf meinen Platz und um mich herum staunten alle Anwesenden ob des Glückes, das über mich gekommen sein musste. Ich selbst versuchte, die Chips wegzupusten; sie waren jedoch zu schwer; ich gab nicht auf, und auf einmal wirbelten die runden Taler in der Luft herum. Viele Hände streckten sich ihnen entgegen, um davon zu ernten, und ich lachte laut und anhaltend. Ein Mann fragte mich, wie ich denn das vollbracht habe. Ich lächelte nachsichtig und flüsterte ihm hinter der vorgehaltenen Hand zu: Ich habe damit nicht gerechnet, und auf einmal waren sie da! Ich fühlte noch, wie meine Mundwinkel in dem andauernden Lächeln langsam ermüdeten; dabei erwachte ich kurz. Ich besann mich und dachte noch: das ist doch kein Grund aufzuwachen, ich werde sofort weiterschlafen. Genau das habe ich dann auch getan.

Mittags, bevor ich wieder in das Wochenende aufbrach, machte ich mich auf den Weg zu meinem jungen Freund, um ihm das Geld für die Kleidungsstücke zu übergeben. Als er mich sah, wurde sein Gesichtsausdruck plötzlich ein trauriger. Im Verlauf des kurzen Gesprächs erzählte er, er werde in die Türkei fahren, um seine Lieblingscousine zu heiraten, die ohne Eltern aufgewachsen sei und die durch seine Hilfe eine abgeschlossene Schulbildung genossen hatte. Sie sei sehr lieb und sehr intelligent. Er werde einige Zeit in der Türkei verbringen, um die Vorbereitungen für einen Umzug nach Deutschland zu treffen. Er hoffe, dass seine Entscheidung richtig sei. Ich hatte ihn die ganze Zeit über beobachtet. Er sah mich nicht direkt an, als er erzählte. Ich wusste nicht, warum das so war. Eigentlich wollte ich es auch gar nicht wissen. Ich sprach ihm zu und gratulierte ihm schon jetzt. Ich machte ihm Mut, indem ich äußerte, dass diese Frau oder das Mädchen sich glücklich zu schätzen habe, einen solchen Mann für ihr Leben zu gewinnen. Ein wenig ungläubig, aber froh sah er mich an.

„Meinst du das wirklich so?" fragte er.

Ich bejahte. „Natürlich, das ist meine Meinung. Ach, hätte ich doch auch nur dieses Glück!"

Bei diesem Satz sah der Mann mich an und sagte: „Du brauchst andere Freunde als du derzeit hast." Mir war klar, was er damit meinte. Ich hatte aus meinem Leben kaum etwas erzählt.

„Ach, das wird sich schon alles wieder geben", sagte ich.

„Du musst aber trotzdem achtsam sein! Der Mann, den ich neulich gesehen habe, sah sehr fanatisch aus."

Ich lachte: „Aber ich habe keine enge Verbindung mehr zu ihm; deshalb muss ich auch nicht aufpassen. Ich werde ihm noch einmal helfen, und dann sieht er mich nicht wieder." „Das ist gut", sagte mein Freund. In seiner ohnehin kleinen Wohnung standen nun auch noch einige große Reisekoffer herum, die gepackt sein wollten. Das Geld für die Kleidungsstücke wollte er von mir nicht annehmen. Wir einigten uns schließlich, indem eine Jacke und einen Rock als Geschenk annahm und das übrige bezahlte. Dann war es Zeit zum Abschied. Ich sprach aus, wie mir zumute war, dass er mir fehlen würde mit seiner Art und mit der Literatur. Aber die Freude über die Aussicht auf ein besseres Leben zu zweit, das ihn erwartete, überlagerte das Bedauern. Ich ging nach Hause. Vielleicht verlieren wir uns doch nicht ganz aus den Augen, hoffte ich für mich.

Gegen Abend kam ich in meinem Dorf an. Es war später geworden, als ich mir vorgenommen hatte. Nachdem ich Licht im Haus gemacht hatte, packte ich in Ruhe meine Sachen aus. Das war jede Woche die gleiche Art von Gegenständen: Kleidung, die gewaschen werden musste, Bücher, Zeitungen, Kleidung für das Wochenende, Lebensmittel, Musikkassetten. An diesem Abend brachte ich einen Koffer voller Wintersachen auf den Dachboden. Die sollten dort übersommern; es war anzunehmen, dass sie in den Folgemonaten nicht gebraucht würden. Es hatte Jahre gegeben, in denen auch der Mai noch nicht frost- und schneefrei gewesen war. Ich hatte das nicht vergessen, aber ich wollte jetzt den Frühling mit Sonne. Konsequenterweise gehörten die Wintersachen dann in die Verbannung. Das Schöne an einem allein stehenden Haus war, dass man auch mit lautstarker Musik niemanden störte. Ich genoss diese kleine Freiheit oft. Ich legte dann, wie an diesem Abend auch, eine Musikkassette ein, drehte auf, tanzte dabei durch die Räume, sang hin und wieder mit und freute mich des Lebens. Das konnte schon mal eine Stunde dauern.

Wenn ich außer Atem geraten war, war es gut, und ich ging zu einem anderen Programm über. Das war in den vergangenen Wochen meistens die Tageszeitung. Ich hatte es mir häufig nur am Wochenende erlaubt, diese zu kaufen und zu lesen.

Es gab immer noch so viele Fachartikel und Bücher, die ich einfach lesen musste; da blieb für andere Literatur wenig Zeit während der Woche.

Nun hatte ich mir ja zum Ziel gesetzt, den Mordfall im Auge zu behalten. Mit einem Glas Tee setzte ich mich. Eine schwangere Tote, also ein Doppelmord. Das gab dem Fall sogleich eine andere Dimension und eine weitere tragische Komponente, und auch eine völlig andere Beurteilung aus moralischer Sicht, wie sich anhand der Leserbriefe und der Zeugeneinvernahme herausstellte.

Die armen Eltern der Toten hatten immer wieder überlegt, wer als Täter in Betracht gezogen werden könnte, da die Fachleute sicher waren, dass der Täter ihre Tochter gekannt haben musste. Aus den Eltern war nichts herauszubekommen, was in diese Richtung wies. Wieder und wieder vernahm die Polizei Bekannte und Freunde in Düsseldorf und Köln. Auch Arbeitskollegen, Kneipenbesitzer und Urlaubsbekanntschaften wurden nicht verschont. Der Artikel endete an diesem Tage mit der Andeutung, dass es irgendwo noch einen Mann gab, mit dem die Frau über lange Jahre eine Beziehung gehabt hatte. Die Spur war nach Aussagen früherer Freunde der Toten in Köln, der Stadt des Mordes, aufzunehmen und zu verfolgen. Die armen Eltern entsetzten sich, als sie erfuhren, dass die Polizei diesen ehemaligen Freund ihrer Tochter suchte. Dieser war schließlich ein ehrenwerter Bürger, der sich nie etwas hatte zuschulden kommen lassen. Von ihrer Tochter trennte er sich nach Aussagen der Eltern zu Recht, weil er ihre Launen nicht mehr ertrug und, so gaben die traurigen Eltern zu, weil die Tochter sich während eines Urlaubs unerlaubterweise in einen anderen Mann verliebt hatte. Seit der Trennung war jedoch mehr als ein Jahr vergangen. Sie, die Eltern, hatten ihrer Tochter seinerzeit arg zugesetzt, wie sie das hätte tun können. Der Mann sei gut erzogen, habe gutes Geld verdient, habe ihnen auch immer zur Seite gestanden und sie zuletzt noch vor einigen Wochen in Finanzdingen zuverlässig beraten. Die Polizei sagte jedoch, sie müsse ohne Ausnahme jeder Spur nachgehen. Und eine Spur sei auch eine ehemalige Beziehung. Die Eltern waren ratlos und schämten sich fast.

Ach, dachte ich, da war ja dann doch noch eine Möglichkeit, den Täter zu finden. Das, was am weitesten entfernt scheint, ist häufig das Naheliegende, wenn man sich erst einmal darauf eingelassen hat.

Es gab noch eine weitere unbeantwortete Frage. Auf den Kontoauszügen der toten Frau waren ein paar Tage vor ihrem gewaltsamen Tod nicht unwesentliche Bargeldabhebungen verbucht. Bargeld hatte man bei ihr jedoch nicht gefunden, auch nicht in ihrer Wohnung oder an ihrem Arbeitsplatz. Gegen einen Raubmord sprach allerdings der Zustand der Leiche. Oder wenn der Täter nur eine falsche Spur legen wollte und in Wirklichkeit ein Raubmörder war? Ich dachte, wie pervers ist das, ob Mord oder Raubmord, tot ist tot. Und dennoch spielte es eine Rolle, wenn es darum ging, den Täterkreis zu bestimmen. Als ich die Zeitung aus der Hand legte, stellte ich gegen meine Gewohnheit den Fernseher an. Da kann ich mir ja auch mal einen Kriminalfilm gönnen, lachte ich über mich selbst.

Wäre Max an meiner Stelle gewesen, hätte er wahrscheinlich nicht mehr lachen können. Da kommt diese Frau unerledigter Dinge aus dem Kasino zurück und spielt normale Welt. Man wundert sich immer wieder, wozu Frauen fähig sind. Wahrscheinlich hatte ich diesen Mangal ständig in meinem Hinterkopf, vielleicht drängte er auch immer nach vorn und ich konnte ihn nur auf diese Weise in Schach halten. Max ahnte damals von alledem nichts; Ich habe es ihm ja erst viel später erzählt; er merkte nur, dass auf seinem Sparkonto das Loch noch nicht wieder gestopft war. Da es ihm jedoch nicht wehtat, wurde es noch nicht zum Thema zwischen uns. Ich hatte sein Vertrauen. So einfach war das. Überhaupt vermutete ich, dass Max wohl mehr als einmal daran dachte, ob er und ich nicht doch ein Paar werden sollten. Wir hatten nicht die schlechtesten Voraussetzungen. Wir kannten uns lange, achteten einander, unsere Interessen deckten sich zum Teil.

Was immer gefehlt hatte, war eine Art Verliebtheit. Die kann man nicht herbeizaubern. Aber wir hatten – bis auf den Abend vor ein paar Wochen – auch nie eine körperliche Annäherung versucht. Er kannte mich eigentlich nur in Gesellschaft anderer; selten hatten wir uns allein getroffen, so dass sich schon aus diesem Grunde die andere Art der Nähe nicht ergeben konnte.

Vieles an meinem äußeren Erscheinungsbild, um diesen Begriff zu benutzen, gefiel Max. Ich war sehr eigenwillig, was meine Eigenschaften betraf und auch die Art, wie ich mich kleidete. Manchmal würde er es sicher lieber sehen, wenn ich ein wenig exaltierter wäre. Aber das hinge ja wohl von vielen Dingen ab.

Ein wenig hätten wir an einer neuen und andersartigen Beziehung wohl auch noch zu basteln. Das wäre bestimmt reizvoll, wenn es sich um einen reifen und denkenden Zeitgenossen wie mich handelte. Jedenfalls äußerte Max sich so vor einiger Zeit während eines Spaziergangs am Rhein. Vielleicht hätte er nur sicher zu sein brauchen, dass ich diesen fremden Mann nicht mehr in meinem Kopf hatte. Damit wollte er nun wirklich nichts zu tun haben. So blieb ihm nichts anderes übrig, als zu warten; vielleicht auch auf eine Eingebung seinerseits, die zu Aktivitäten führen könnte, die in die richtige Richtung gingen.

Da ich seit einigen Monaten wieder regelmäßig ins Bergische Land fuhr, gab es auch keine Gelegenheit, dass wir uns in der Freizeit am Wochenende treffen konnten. Es sei denn, Max hätte sich auf den Weg dorthin gemacht. So weit war er damals jedoch nicht. Und ich? Ich hatte meinen besten Freund belogen, und das in einer finanziellen Angelegenheit! Wie niederträchtig, dumm und kläglich war das, was ich mir da geleistet hatte! Ich hatte so etwas tatsächlich fertig gebracht und wollte, es wäre nicht geschehen.

Ekel und Hoffnung zugleich

Von Mangal hörte ich erst am Sonntag am Telefon. Er bat mich, zu ihm zu kommen, er wolle mit mir etwas besprechen. Wenn ich dazu in der Verfassung gewesen wäre, hätte ich gern auf eine solche Vorstellung verzichtet und das auch lauthals verkündet. Ich wusste nicht zu sagen, warum ich mich diesem Mann in irgendeiner Weise verpflichtet fühlte. Das alte Lied von Verantwortung, aber ohne Begründung, warum das alles so war. Also ging ich zu seiner Wohnung. Wider Erwarten brachte er sein Anliegen rasch auf den Punkt.

„Wir machen es künftig so", sagte er, „wenn ich Bargeld habe von meinen Taxitouren, dann lege ich es hier unter den Teppich. Und du kommst alle zwei Tage und nimmst es weg und zahlst es auf dein Konto ein. - Oder besser, du lässt einen geringen Teil liegen für mich für die täglichen Ausgaben. Das andere zahlst du ein."

Ich verstand nichts. „Was soll das denn", fragte ich. „Das kannst du doch selber einzahlen; meine Kontonummer hast du. Ich sammle es dann, um es in größeren Raten an Max zurück zu zahlen."

„Es ist besser, wenn du das Geld wegnimmst," wiederholte Mangal.

„Mein Wohnungsschlüssel ist noch in deinem Besitz; das ist doch ganz einfach." Ich wusste nicht, ob ich wütend werden oder wie ich mich sonst verhalten sollte. Ich wollte ihn direkt abweisen mit seinem Wunsch.

„Ich werde es mir überlegen", sagte ich kurz angebunden.

„Und ich verspreche dir, ich gehe nur noch ins Kasino, nachdem ich dich zuvor informiert habe. Ich möchte mich wirklich demnächst sperren lassen. Deshalb gehe ich nicht mehr allein dorthin." Ich merkte, wie ich ihm schon fast nicht mehr zuhörte. „Du tust dir einen Gefallen, nicht mir", sagte ich dann. „Es ist dein Leben und deine Entscheidung."

„Hilf mir bitte", bat er mich. „Ich leide sehr unter dieser Sucht. Und ich schäme mich auch dafür. Ich will wieder ein normales Leben führen."

Ich verschloss mich in meinem Innersten; ich wollte einfach nicht mehr zum Spielball gemacht werden; das war es, was ich doch seit langem empfunden hatte. „Ich gehe nach Hause, ich habe für morgen noch einiges vorzubereiten", kündigte ich an und machte Anstalten zu gehen.

„Möchtest du nicht einen Tee mit mir trinken?" lockte Mangal.

„Ich kann nicht bleiben", sagte ich, und das war ehrlich, so ehrlich, wie ich längst hätte sein sollen. Ich verabschiedete mich von einem müde wirkenden Mann und ging.

An diesem Sonntag telefonierte Max mit mir. Er merkte mir an, dass ich freier geworden war. Das Thema, das ihn nun interessiert hätte, blieb ausgespart. Leider. Er fand nicht den Mut dazu. Dafür fragte ich ihn nach dem Mordfall, was ihn sehr wunderte. Woher kam dieses Interesse? „Was reizt dich an diesem Thema so", fragte er.

„Irgendwie hat es auch etwas mit mir zu tun", kam die überraschende Antwort von mir.

„Das verstehe ich nicht", konnte er nur erwidern. „Das ist ein Fall wie jeder andere", relativierte Max. Aber ich war nicht davon abzubringen. „Es ist nicht so, dass ich mich damit beschäftigen will", sagte ich, „ich muss es einfach." „Das passt nicht zu dir", riet er mir ab. „Du liest doch sonst auch keine Groschenromane oder gehst in die Gerichtssäle. Na ja, in die Gerichtssäle schon aus beruflichen Gründen. Aber dies geht dich doch gar nichts an."

„Wenn ich da so sicher wäre, würde es mir besser gehen", gestand ich.

„Frauen", sagte Max lauter, als erforderlich gewesen wäre; „die soll man als Mann immer verstehen."

„Das hat doch damit nichts zu tun", gab ich zurück. „Ich fühle mich wie ein Insekt in einem Netz und suche verzweifelt den Ausgang, bevor die große Spinne zurückkommt."

„Du machst mir Angst, Anne, so kenne ich dich wirklich nicht", sagte er jetzt ganz ernsthaft. „Sollen wir uns nicht mal auf ein Bier treffen in der kommenden Woche? Dann werde ich einiges klar rücken bei dir."

„Gern, das wäre schön, und ich habe es nötig, sonst fange ich wirklich noch an zu spinnen", freute ich mich. „Wie wäre es mit Mittwoch?"

„Gut, Mittwoch um zwanzig Uhr beim ‚Schlösser'. Du kannst mich jederzeit anrufen, auch nachts, das weißt du hoffentlich noch!"

„Danke", sagte ich, „bis dann, Max."

Als ich nach einer weiteren Stunde die Patientenakten beiseite gelegt hatte, beschloss ich, so früh wie möglich in der kommenden Woche diese unleidliche Geldgeschichte für mich vorerst abzuschließen. Das Beste wäre, gleich am Montagmorgen, nein, besser am Dienstag vor Ort, das hieß in Mangals Wohnung, zu einer endgültigen Entscheidung zu kommen. Welche entwürdigende Szene hatte ich heute schon vor Augen, die wäre wahrhaft bühnenreif: Frau schleicht sich in die Wohnung eines fremden Mannes, ergreift das Ende eines bestimmten Teppichs, um nachzusehen, ob darunter Geldscheine deponiert sind. Wenn ja, bückt sie sich und nimmt den größten Teil an sich, steckt ihn in ihre Handtasche und verlässt das Haus. Sie geht zu ihrer Bank und zahlt alles auf ihr Konto ein. Abends kommt der Mann nach Hause und schaut ebenfalls unter den Teppich. Als er sieht, dass das Geld bis auf einen kleinen Rest verschwunden ist, freut er sich. Der Zuschauer fasst sich an den Kopf und kann nicht Beifall klatschen.

Trotzdem, sagte ich zu mir, ich muss wissen, ob ich dazu fähig bin. Ich weiß noch nicht einmal. ob denn am Dienstag überhaupt schon Geld unter dem Teppich liegen kann. Egal, ich werde gehen und den Test machen.

Meine Patienten behandele ich in diesen Tagen mit einer Routine, die mir, wenn ich mir ab und zu dessen bewusst werde, Angst verursacht. Wie schnell steckt man in einem ganz bestimmten Muster; es bedarf nur ein paar außergewöhnlicher Umstände und alle hehren Vorsätze sind auf und davon. Schon aus diesem Grunde bin ich verpflichtet, das Kapitel „Mangal" so rasch wie möglich abzuschließen. Mein Gott, ich stecke ganz schön mit in dem Sumpf!

Dienstag früh gegen neun Uhr, auf dem Weg in die Praxis, beschließe ich plötzlich, den kleinen Umweg über Mangals Wohnung zu nehmen. Dann habe ich das hinter mir. Im Schloss der Wohnungstür steckt von innen ein Schlüssel; ich kann die Tür nicht öffnen. Ist Mangal etwa krank? Zu klingeln verbiete ich mir. Ich gehe und denke: dann eben nicht. Am Abend verlasse ich ziemlich spät meine Arbeitsräume und steuere ohne Zögern auf mein Ziel zu. In seiner Wohnung brennt kein Licht. Also ist er nicht zu Hause. Wie gut, denke ich; ich muss das hinter mich bringen, es reicht! Ich öffne die Tür; es sieht ein wenig ordentlicher aus als beim letzten Mal. Kein hastiger Aufbruch, wie beruhigend, stelle ich nicht ohne Ironie fest. Dazu bin ich immer in der Lage und wundere mich manchmal selbst darüber. Das Wohnzimmer scheint mit seiner auffälligen Ordnung nur auf mich zu warten. Der granatapfelrote Teppich leuchtet mir entgegen und ruft mir zu: bitte an dieser Ecke anheben. Ich stehe wie erstarrt, schaue gebannt auf die bezeichnete Ecke. Eine Zeitlang stehe ich so da. Kerzengerade und fasziniert. Es wäre nur ein kleiner Schritt, mehr nicht. Und ein kurzes Bücken, Anheben, Aufnehmen, Einstecken, Fortgehen.

Ich kapituliere; mir ist schlecht, ich bekomme nicht genügend Sauerstoff, nur raus hier, ich schaffe das nicht, ich will das nicht, ich kann das nicht, ich darf das nicht. Es kotzt mich an. Und gleich kotze ich zurück.

Mit zittrigen Fingern ziehe ich den Schlüssel aus dem Schloss, öffne die Tür, schließe einmal um und renne die Treppe hinunter. Auf der Straße sehe ich mich um wie ein Dieb. Dabei habe ich gar nichts gestohlen. Aber ich hätte fast etwas für meine Begriffe Unanständiges getan, und das sieht man mir wahrscheinlich an.

Schnellen Schrittes erreiche ich schließlich mein Haus. Ich werfe alles ab, was ich trage, auch die Kleider, gehe ins Badezimmer und verschwinde unter der Dusche. Als ich später den von Wasserdampf beschlagenen Spiegel freilege, sehe ich in traurige und auch müde Augen. Ein kleiner leuchtender Punkt macht jedoch auf sich aufmerksam. Ich erkenne darin mein altes Ich und freue mich nach diesem schweren Sieg auf die Zukunft.

Max und ich

Der Mittwoch war der Tag der Verabredung. Beide hatten wir uns darauf gefreut. Wie lange waren wir nicht mehr unbeschwert zusammen gewesen. Ich fühlte, ich hatte einen Anspruch darauf, und er war mein bester Freund, seitdem der Mann, den ich geliebt hatte, unbedingt nach Saudi-Arabien gehen musste. Max war in meinen Augen ein sachlicher Mediziner, den so leicht nichts erschütterte. Einer mit Bodenhaftung, wie ich mich auszudrücken pflegte.

Das brauchte ich in diesen Tagen besonders. Es war nicht schwer zu erraten. Er betrachtete mich mit anderen Augen, auch mit anderen Sinnen als sonst. Das lag an den Gedanken, die er sich in Bezug auf eine richtige Beziehung mit mir in den vergangenen Wochen vielleicht doch gemacht hatte. Ich kam ihm wohl entschlossener vor als sonst, irgendwie aufmüpfiger, so wie er mich eigentlich auch kannte und schätzte.

Meine Augen sprachen wieder die alte Sprache, ja, er konnte sagen, ich flirtete ein wenig mit ihm. Das war ihm nur recht. In dieser Düsseldorfer Traditionskneipe war es laut, so dass eine richtige Unterhaltung kaum möglich war. Deshalb beschlossen wir ziemlich bald, in ein Weinlokal zu wechseln. Es lag alles sehr nah beieinander, ein kurzer Weg, und wir fanden uns wieder in einer Atmosphäre, die unserer Stimmung an diesem Abend mehr entsprach.

Wir hatten einen schönen Platz gefunden, an dem wir uns nicht gegenüber saßen, sondern näher beieinander über Eck. Diese Anordnung ließ ein vertrauliches Gespräch zu. Wir bestellten Wein und eine Kleinigkeit zu essen. Der Weißwein löste unsere Zungen; wir sprachen von unserer alten Freundschaft und warum daraus niemals mehr geworden war. Genau Max' Thema, und ich steuerte geradewegs darauf zu. Merkwürdig, wie ich das Thema hatte aussuchen können, als täte ich es für ihn mit. Er brauchte sich nur treiben zu lassen.

„Wie sieht es denn in deinem Herzen aus", fragte er mich, obwohl ihm diese Frage großen Mut abverlangt haben musste, so, wie ich ihn kannte.

„Herz", sagte ich, „hart, verhärtet, aber nicht für immer, soviel weiß ich."

„Ist er immer noch drin", bohrte Max weiter.

„Er hat nie richtig Platz genommen", sagte ich, „also kann er auch nicht drin sein. Er geht rein, dann wieder raus, dann ist er wieder drin. Was es genau war und ist, kann ich nicht sagen", fügte ich hinzu. „Ein Haufen Mist liegt um mich herum, unsortiert, das habe ich aufzuräumen. Dann wird Klarheit herrschen!"

„Willst du nicht deutlicher werden", erlaubte er sich zu fragen.

„Nein", sagte ich, „ich möchte heute einen schönen Abend mit dir verbringen; ich habe das nötig."

„Gut", sagte Max, „ich höre für heute auf zu fragen. Aber irgendwann einmal erzählst du mir alles, ja?"

Ich sah ihn an, als müsste ich überlegen, was zumutbar wäre und was nicht. Müll sortieren. „Gut, versprochen", flüsterte ich ihm ins Ohr. Dabei berührte ich ganz leicht, möglicherweise unbeabsichtigt, sein Ohrläppchen. Er sah mich daraufhin an, als sei ich eine ihm fremde Frau. Seine Augen fanden sich in meinen, ich wich nicht aus, hielt stand, eine ganze Weile; in mir drehte sich alles, und ich glaubte, er müsse mir das ansehen. Da hatte ich bereits den Blick gesenkt; er folgte mir dorthin, wo meine beiden Hände flach auf dem Tisch lagen. Mit seiner rechten Hand näherte er sich meinen beiden kleineren Händen. Er hielt inne, als ich ihn ansah. Dann konnte ihn nichts mehr davon abhalten, seine Hand ganz sacht auf meine zu legen. Ich zog sie nicht weg, hielt auch das aus. Er gab ein wenig Druck, wohl um zu zeigen, dass er lebte, dass er Empfindungen hatte. Er beugte sich zu mir hinüber, seine Stimme würde eine raue sein, wenn er zu mir spräche, und wenn er das sagen würde, was er sagen musste.

In dem Moment befreite ich sachte eine Hand und legte ihm Zeige- und Mittelfinger auf die Lippen, die sich gerade öffnen wollten, um Worte zu entlassen. Er saß wie paralysiert auf dieser Holzbank, inmitten von Fremden, und wusste nicht, was er mit diesen Frauenfingern machen sollte. Er ergriff schließlich den Arm, der dazugehörte, und hielt ihn so fest, dass ich ihn erstaunt ansah.

„Habe ich etwas falsch gemacht", fragte ich leise, so dass nur er das hören konnte. „Nein", flüsterte er zurück, „Du hast es genau richtig gemacht. Aber ich weiß nicht, wie ich damit umgehen soll."

„Ach, du Schande", sagte ich aus vollem Herzen. Und ich lachte mein fröhlichstes Lachen seit Monaten. Einerseits war er froh über diese Wendung, andererseits war er nicht gewillt, seine Gefühle unter den Holztisch zu legen.

„Auf unser Wohl", sagte er und nahm sein Weinglas. „Sieh mir in die Augen, du Frau, wir werden jetzt Brüderschaft trinken!"

„Sei nicht so albern, sonst bekommst du keinen Wein mehr", lachte ich.

„Ich heiße Max, und wie heißt du? Lass mich raten; du heißt Leila", sagte er. „Dann bist du nicht Max, sondern Ali, habe ich mir doch gleich gedacht", spöttelte ich. „Gib mir jetzt bitte einen Kuss!" Das hatte er jetzt davon; es gab kein Zurück mehr. Und das hier, in dieser Halböffentlichkeit einer zwar unterbelichteten, aber immerhin noch beleuchteten Kneipe. Er rückte näher an mich heran und legte den rechten Arm um mich. Mit der linken Hand holte er mein Gesicht an seines, schloss die Augen, fand dennoch meinen Mund und küsste mit Lippen, die geschlossen blieben, aber von einer Zartheit waren und eine Nachgiebigkeit verhießen, dass er sich bremsen musste, nicht mehr als diese Berührung zu geben oder zu fordern oder sonst etwas.

Für den Bruchteil einer Sekunde war er außer sich gewesen, und als wir beide danach die Augen wieder geöffnet hatten, waren wir doch immer noch in einer verzauberten Welt. So zumindest deutete ich seinen Blick, der ernst und heiter zugleich war.

Ich muss wohl ebenso ausgesehen haben. So doof verliebt oder wie man das nennt. Lange hatte ich diese Gefühle vermisst, sie aus irgendwelchen Gründen auch nicht zulassen wollen. Nun saß ich hier mit dem Mann, den ich schon seit Ewigkeiten kannte, und heute hatte es uns erwischt.

Max wollte gerade deswegen zu lamentieren beginnen, warum das nicht früher hätte passieren können, als ich ihm schnell zurief: „Sei still, lass das, es ist genau richtig heute, es hätte kein anderer Zeitpunkt sein können. Bitte!"

„Woher wusstest du, was ich auf der Zunge hatte", fragte er überrascht.

„Mein Gott, das habe ich dir angesehen; es stand in deinem Gesicht geschrieben; ich bin nebenbei auch ein Menschenkenner, du komischer Mann", lachte ich. Auf diese Weise war unsere Unbefangenheit halbwegs wieder hergestellt.

„Wir führen uns auf wie Teenies", sagte ich, „dabei bin ich doch eine reife Frau."
„Ganz zu schweigen von meiner Reife", wagte Max einzuwerfen, „ich bin sozusa-

gen überreif." Ich drohte ihm verschmitzt. Ich war also trotz allem in der Lage, Doppeldeutigkeiten wahrzunehmen und auch zu akzeptieren. Er wunderte sich, da er sich dergleichen zuvor nie erlaubt hatte, zumindest nicht bei mir.

„Wo waren wir stehen geblieben", fragte ich.

„Bei deinem Misthaufen", glaube ich.

„Nein, den werde ich allein abtragen, nach und nach." Und ich verzog Nase und Mund, als läge vor uns auf dem Tisch ein realer Misthaufen.

„Ich hätte dir diese Schnute am liebsten weggeküsst. Komm, lass uns noch ein Glas Wein trinken auf die Veränderungen, die sich ankündigen", schlug er vor.

„Gern, ich freue mich schon sehr; gib mir zwei, drei Wochen Zeit, die benötige ich, um reinen Tisch zu machen. Und dann legen wir richtig los."

„Ob ich so lange warten kann, weiß ich nicht", war sein Einwand, der jedoch überhört wurde. „Darf ich dich denn wenigstens regelmäßig anrufen", fragte er, den Eingeschüchterten spielend.

„So oft du willst; das wird mir sicher helfen und alles beschleunigen", freute ich mich, die ich von ihm immer wieder von neuem betrachtet wurde. Was hatten wir beide alles nicht wahrgenommen in der Vergangenheit. Wir waren stets Kumpel, aus der gleichen politischen Ecke stammend und einerseits sehr gruppenbezogen. Andererseits waren wir große Einzelgänger. Und was mich sehr erstaunt hatte, war die Tatsache, dass er sich auch stundenlang über ganz banale Dinge auslassen konnte. Er stellte sich dann diese Frauengruppen und ihren Tratsch vor und war nie ganz sicher, ob ich nun besonders gut oder besonders schlecht in jene Gesellschaft passte. Trotz aller Widerborstigkeit und Sturheit, die ich manchmal an den

Tag legte, als hätte ich es geradezu darauf abgesehen, Streit herauszufordern, war ich im Grunde jemand, der sich gern in einer friedlichen Atmosphäre aufhielt. Was war ihm entgangen bei den Begegnungen? Hatte er mich je als Frau betrachtet? Es war so lange her. Mein Körper wies alle Merkmale auf, die eine Frau kennzeichneten. Es fehlte nichts. Der Busen war vielleicht ein wenig überproportioniert entwickelt. Vielleicht kleidete ich mich deshalb etwas zurückhaltend. Auch trug ich damals gern Jeans, was ihm als Mann nicht so gefiel. Frauen sollten ihre Beine zeigen, aber bitte unbehost. Es gab so viele Kleider und Röcke, dass sowieso kein Mann je verstand, warum eine große Zahl von Mädchen und Frauen immer diese uniformen Jeans tragen mussten.

Als könne er meine Gedanken lesen, sagte Max: „Wenn einem Mann eine Frau nicht sogleich ins Blickfeld rutscht, hat sie sich wohl anzustrengen. Da muss man ihr erst näher kommen, vielleicht ganz nah, um die Aura einzufangen, die zweifellos vorhanden ist. Wäre nicht jener Abend gewesen, als wir beiden allein geblieben waren, und hätten wir uns in jener Minute nicht ein wenig auf unser vages Gefühl verlassen, das eigentlich nichts weiter als Vertrautheit war – und gerade deshalb doch sehr viel – säßen wir jetzt hier und erzählten und trennten uns danach in dem Bewusstsein, einen Freund oder eine Freundin zu haben, auf die man sich verlassen konnte; und nun war es doch mehr geworden. Ich möchte nichts vorwegnehmen, dazu bin ich zu vorsichtig. Aber ich spürte, wie es mich zu dir hinzog, die du mir gleichzeitig so vertraut und so fremd warst. Der Reiz, der davon ausging, hatte mich schon mit voller Wucht gepackt und in seinen Bann gezogen. Ich würde dich richtig kennen lernen! Ich kenne Geist und Seele, die in deinem Körper hausen, aber den Körper, diese Herberge, kenne ich nicht. Am liebsten würde ich dich auf der Stelle entführen". Er machte eine Pause, sah mich an und lächelte. „Deine Ernsthaftigkeit jedoch, mit der du an dem Thema, das dich sehr belastet, arbeitest, hält mich letztlich davon ab. Manche Dinge kann man einfach nicht verschieben; und bei dir scheint es sich um etwas Derartiges zu handeln."

Nächtlicher Ausflug mit Schrecken

Max hatte gar nicht bemerkt, dass etwas geschehen sein musste, da ich mit einem Mal ganz verändert war. Ich hielt mich mit beiden Händen an der Tischkante fest, als müsste ich jeden Moment aufstehen. Ich rang um Fassung. „Das darf doch nicht wahr sein", quoll es aus mir heraus.

„Was denn", fragte er überrascht.

„Wenn mich nicht alles täuscht, habe ich soeben Mangal draußen vor dem Lokal gesehen, wie er sich die Nase an der Scheibe platt drückte. Ich glaube, er hat uns gesehen."

Max versuchte, mich zu beruhigen, indem er sagte: „Ja und, selbst wenn es so wäre, die Freiheit hast du doch, hier mit mir zu sitzen. Oder etwa nicht?"

„Freiheit, Freiheit", sprach ich ihm nach, „weißt du denn, was in seinen Augen Freiheit ist? Der ist imstande und macht sonst etwas daraus!"

Max versuchte, mäßigend auf mich einzuwirken, merkte jedoch ziemlich schnell, dass ihm die Mittel und wohl auch die Überzeugungskraft fehlten.

„Na ja", sagte ich schließlich, „da muss ich ja wohl durch!" Dann wandte ich mich ihm wieder lächelnd zu und sagte: „Schlimmer als es war, kann es nicht werden. Also trinken wir darauf einen!"

Jetzt war er derjenige, auf den sich die Bedenken gelegt hatten. Ihm blieb nur zu sagen: „Du darfst dich auf nichts mehr einlassen; und du rufst mich sofort an, wenn irgend etwas nicht stimmt." Ich nickte. Max war beruhigt. Dieser Abend endete so, dass wir in dem Bewusstsein größerer Dinge, die auf uns warteten, die kleinen zuerst lösen wollten, um wirklich frei zu sein. Auch wenn es ihm schwerfiel, sich zu beherrschen. Wäre er nicht mit dieser Sicherheit ausgestattet gewesen, hätte man uns in dieser Nacht entweder in seinem oder in meinem Bett, davor oder dahinter, auf dem Sofa, in der Küche, in der Badewanne, vor dem Kleiderschrank oder auf dem Teppich wieder gefunden.

So aber schwebten wir nur im Geiste auf den Flügeln einer neuen Empfindung, die uns auch künftig tragen sollte. Wir würden Zeit haben bis zur Generalprobe und uns alles in den schönsten Farben und Tönen ausmalen, uns gedanklich vertraut machen miteinander. Da es ja ein Gesprächsverbot nicht gab, wären wir in der Lage, Worte zu finden, die nur für uns bestimmt waren und an denen wir uns blind wieder erkennen würden, wenn der Tag endlich gekommen sein würde.

Max wunderte sich über sich selbst, dass er doch auch lyrisch sein konnte. Ich hatte zu dieser Abmachung auch den Wunsch geäußert, die Wochenenden weiterhin allein zu verbringen. Natürlich war das für Max keine Frage. So blieb er vorerst der Single mit Aussicht auf bessere Zeiten.

In der Zwischenzeit lebte das auf, was ich mein „Bauchgefühl" nannte. Weil ich mich selbst unter Zeitdruck gesetzt hatte, wollte ich jetzt alles wissen, was Mangal betraf, und ich würde weder mich noch ihn schonen. Und wenn ich darüber zu einer gewöhnlichen Detektivin werden müsste.

An jenem Montag, als ich morgens früh nicht in seine Wohnung kam, weil von innen der Schlüssel steckte, hatte ich mir die Verwunderung darüber nicht erlaubt, warum dieser Mann nicht im Büro war. Wenn er krank wäre, hätte er längst bei mir angerufen. Dieser Mechanismus funktionierte immer. Dann hätte ich ein Huhn kaufen müssen, eine Suppe zubereitet und, schwupps, wäre er wieder genesen. Aber das war es nicht. Es war wieder Montag, und ich trug den Schlüssel zu seiner Wohnung bei mir. In der Mittagspause machte ich mich auf den kurzen Weg. Ich klingelte an seiner Tür, um sicher zu sein, dass er nicht da wäre. Als sich nichts rührte, schloss ich die Tür auf und ging hinein. Ich werde das Geheimnis lüften, sprach ich vor mich hin. Ich möchte nichts mehr scheibchenweise serviert bekommen, sondern nur noch ein Hauptgericht, und damit basta!

Auf seinem Schreibtisch lagen diverse Dokumente, unter anderem eine Steuerkarte, ein Werksausweis und verschiedene Briefe. Die Karte eines Anwalts lag ebenfalls unter diesen aktuellen Papieren. Mein Blick fiel auf den Briefkopf eines Schreibens, ich beugte mich darüber und las. Dann sagte ich halblaut: ich habe es gewusst. Ich setzte mich auf den Drehstuhl, drehte mich eine Weile im Zimmer herum, stand dann auf, verließ die Wohnung, das Haus und ging dann in das kleine Restaurant, wo ich seinerzeit – es schien fast vor einer Ewigkeit – Mangal kennen gelernt hatte. Sein Arbeitgeber hatte ihm gekündigt. Das war vor zehn Tagen gewesen. Fristlos! Was musste noch alles geschehen mit diesem unglücklichen Menschen, fragte ich mich. Und ich konnte nicht umhin, wahrzunehmen an mir selbst, dass er mir schon wieder Leid tat. Verdammter Mist, sagte ich, auch das darf nicht wahr sein! Aber ich wollte es ja wissen. Eigentlich hätte ich jetzt gern Mangal angerufen und ihn gefragt, warum er mir die Kündigung verschwiegen habe, mich aber sonst in alle seine Belange verwickelte, auf meine Unterstützung hoffend. Aber ich gab diesem Impuls nicht nach. Wozu auch sollte das gut sein?

Den ganzen Tag über drängte sich eine Frage in mein Bewusstsein. Wie konnte es mir gelingen, mich sofort und endgültig von Mangal zu lösen. Denn eines war klar: es war nicht nur die unleugbare Tatsache, dass ich mich immer wieder hatte einwickeln lassen durch die ewig gleichen Mechanismen, deren Handhabung er nur zu gut beherrschte, sondern es gab diese emotionale Ebene, auf der Mangal unbewusst agierte und mich sozusagen fernsteuerte. Er selbst blieb dabei äußerst sparsam im Einsatz eigener Gefühle, zumindest äußerlich betrachtet. Ich würde einen Wald offener Fragen aus dem Weg zu räumen haben, und ich gab zu, dass mein Interesse an den Antworten durchaus nicht geringer geworden war. So stand ich mir selbst im Weg. Vielleicht ließe sich beides miteinander verbinden.

Wenn ich allerdings an die aufblühende Beziehung zu Max dachte, hatte ich meine Zweifel, ob ich mich gleichzeitig noch mit dem Thema Mangal beschäftigen dürfe. Das passte nicht zueinander, und ob Max, wenn er auch eingeweiht wäre, Verständnis für mein Handeln aufbrächte, war durchaus nicht sicher. Hier gab es eine Menge anzupacken, je früher, desto besser. Mit diesem Gedanken wollte ich mich an diesem Abend gerade ins Bett legen, als es Sturm klingelte. Das konnte nur Mangal sein.

Ich überlegte blitzschnell, was zu tun sei. Ich sprang in die Diele und legte die Sicherheitskette vor die Tür. Wie dumm, dass meine Wohnung noch erleuchtet war. Und warum klingelte er unten, wo er doch einen Wohnungsschlüssel hatte. Den hatte ich auch noch nicht wieder zurück gefordert. Ich fragte mich, ob ich wirklich so naiv sei. Ich hörte, wie der Fahrstuhl herunterfuhr, dann zurück kam und hielt. Endstation. Ich hielt den Atem an. Wie dumm von mir, das Licht nicht eher ausgemacht zu haben. Gleichzeitig war mir klar, dass das völlig egal war. Jetzt klingelte er an der Wohnungstür. Wieder und wieder. Ich wollte einfach, dass er ging und dachte nicht daran zu öffnen. Aber obwohl Mitternacht längst überschritten war, gab er nicht auf, sondern drückte weiter kräftig auf die Klingel. Die Nachbarn müssten längst wach geworden sein, gleich würde jemand in den Flur hineinrufen oder auf der Etage erscheinen, dachte ich. Aber nichts rührte sich. Nur Mangal, unverdrossen. „Mach' auf, ich weiß, dass du da bist." Und dann noch lauter: „Mach' auf!!" Warum nimmt er nicht den Schlüssel, fragte ich mich. Lange würde ich das nicht mehr mit anhören dürfen. Dann hörte ich, wie er seinen Schlüssel im Schloss drehte und wie die Tür aufging. Als Mangal die Sperre entdeckte, fluchte er wild vor sich hin. Er zog die Tür wieder zurück und stieß sie dann mit unheimlicher Kraft gegen die Kette. Ich war hellwach und fragte mich kurz, wie ich ihn würde beruhigen können. Mir fiel nichts ein. Es machte erst richtig Krach, als er die Befestigung endlich doch aus dem Türrahmen gezogen hatte.

Schon war er bei mir, packte mich und sagte: „Zieh' dich an, wir machen jetzt eine kleine Reise!!" „Du bist verrückt, ich gehe jetzt schlafen, was willst du hier?" „Eine kleine Reise machen mit dir, sagte ich doch bereits". Er ließ mich los und wies auf meine Kleider.

„Mach' schon", forderte er. Ich sagte: "Wenn du nicht sofort gehst", rufe ich die Polizei.

„Das kenne ich doch schon, die kommen bestimmt. Aber dann sind wir schon über alle Berge."

„Was hast du vor, wir können doch morgen alles besprechen", redete ich auf ihn ein.

„Nein", schrie er, öffnete die Tür und schob mich ins Treppenhaus. „Wir gehen jetzt zum Wagen. Der steht unten bereit." Ich sträubte mich, so gut ich konnte, kam allerdings gegen diesen kräftigen Mann nicht an. Auf der Straße angekommen, suchte ich Schutz an der Hauswand, da ich nicht einsteigen wollte. Er zerrte an mir, bis ich keine Kraft mehr zum Widerstand hatte. Auch wenn Menschen auf der Straße gewesen sein sollten, es war mir klar, dass niemand sich einmischen würde, um zu helfen. Die Zeiten waren vorbei. Man wollte keine Scherereien. Kaum, dass ich auf dem Beifahrersitz saß, gab Mangal Gas und brauste mit seiner Fracht durch die Nacht.

„Wohin fahren wir?" „Das wirst du schon sehen", sagte er, nun wieder ganz ruhig, fast besonnen.

„Was soll das? Ich muss morgen arbeiten", erinnerte ich ihn. Über eine Landstraße fuhren wir auf die Autobahn. Mangal steuerte den Wagen in aller Ruhe, als würden wir eine Reise beginnen. Ich hatte nicht die leiseste Ahnung von dem, was dieser Mann vorhatte. Er schwieg, rauchte eine Zigarette, und sah mich ab und zu von der Seite an. Ich registrierte das, konnte jedoch mit seinen Blicken auch nichts anfangen. Plötzlich blinkte er, um rechts auf einen Parkplatz abzubiegen. Ich sah auf die Uhr. Es war fast zwei. Er ist verrückt geworden, dachte ich. Was tun wir hier? Er bremste scharf und sagte: „Steig' aus. Du kannst mal sehen, wie es sich anfühlt, in der Nacht allein zu sein. Du hast ja sonst immer deine vielen Freunde. Aber heute bist du es, die allein ist. Ich wünsche dir eine gute Nacht."

Ich wusste nicht, wie mir geschah. Da ich nicht aussteigen wollte, ging Mangal um den Wagen herum und zog mich vom Sitz. Dann stieg er wieder ein, schloss die Tür und fuhr ab. Ich war mehr verdutzt als ängstlich, als ich mich auf einem Rastplatz ohne Papiere, Geld und Telefon in fast absoluter Dunkelheit wieder fand.

Bis auf die schnell vorbeirasenden Autofahrer, die mich kurz mit ihrem Scheinwerferlicht streiften, war alles in nächtliche Schwärze gehüllt. Ich war nicht der Typ, der jetzt angefangen hätte zu schreien. Ich hätte nur zu gern gewusst, was diese Art von Bestrafung, und das sollte es ja wohl sein, zu bedeuten hatte. Warm war es nicht gerade, und ich trug nur ein eher dünnes Tageskleid. Einige Lastwagen standen in den Parkbuchten, um dort den Fahrern Schlaf zu gewähren bis zum nächsten Morgen. Ich überlegte, ob ich einen von ihnen wecken und bitten sollte, mich nach Hause zu fahren. Aber ich war nicht einmal im Besitz meines Wohnungsschlüssels. Alles hatte dieser Verrückte an sich genommen.

Ich sah mir die nähere Umgebung an. Es herrschte nur mäßiger Verkehr auf der Autobahn zu dieser Stunde. Die Aussicht, dass ein Pkw halten würde, war sehr gering, so nah bei der Großstadt. Ich ging auf und ab. Wie eine Bordsteinschwalbe, fand ich, nur dass es hier keinen Bordstein gab. Wenn ich das jemandem erzähle, werde ich wegen meiner irren Phantasie ausgelacht, dachte ich. Dabei war mir inzwischen kalt geworden.

Nach etwa einer Viertel Stunde näherte sich ein Pkw und fuhr langsam auf mich zu. Ich winkte, um auf mich aufmerksam zu machen und sah, als der Wagen ins Licht kam, dass es mein eigener Wagen war. Mangal saß in ihm, ein Mann, der wahrscheinlich selbst auch nicht zu sagen gewusst hätte, was dieses Spiel zu bedeuten hatte. Er sagte, ich solle einsteigen. Das tat ich und war froh, endlich nach Hause zu kommen. In meiner Straße angekommen, übergab er mir meine Tasche und sagte kein Wort. Ich verließ das Auto ebenfalls wortlos, schloss die Haustür auf und verschwand im Innern des Hauses. Ich merkte jetzt erst, wie sehr ich durchgefroren war, und schüttelte mich. Ich war wütend und aufgedreht. Aber das eigentlich Merkwürdige war, dass ich ins Bett ging, ohne mich noch einmal zu fragen, wie man das zu nennen hatte, was mir in der vergangenen Stunde widerfahren war. Vielleicht war der Abstand zu diesem Menschen bereits größer als der Schrecken, der von ihm noch ausgehen konnte.

Mord und Lügen

„Ich habe am Wochenende meinen Keller aufgeräumt, weil ich ein Sofa meines Bruders unterzubringen habe", sprach Mangal am nächsten Abend ins Telefon. Kein Wort der Einleitung, keine Anknüpfung an die letzten Tage und Ereignisse.

Vielleicht habe ich das alles nur geträumt, dachte ich, nachdem das Gespräch zu Ende war. Mangal bat mich, eine Umzugskiste mit aussortierten Sachen mit in das Bergische Land zu nehmen. Dort standen bereits ein Büroschrank aus einer insolventen Firma, ein Drehsessel und eine elektrische Schreibmaschine. Da es sich um nur eine Kiste handelte, konnte ich schlecht nein sagen. Dass ich schon wieder gegen eigene Prinzipien verstieß, fiel mir zunächst nicht auf. Er habe die Kiste bereits in den Kofferraum meines Wagens gelegt. Ich müsse sie dann nur noch abladen und abstellen, schwer sei sie nicht.

Ich fragte nicht nach der Kündigung. Ich fragte nicht nach dem Kasino. Ich fragte nicht nach dem Geld. Ich fragte nicht nach dem Sinn des nächtlichen Ausflugs.

Für ihn war all das, was im Grunde nach den üblichen Wertvorstellungen sein Leben freudlos machen müsste, irgendwie nicht existent. Als Psychologin, die ich auch im privaten Bereich blieb, nahm ich das gar nicht gelassen, sondern war ernsthaft besorgt über seine Art, diese bedrückenden Tatsachen zu verdrängen. Irgendwann wird er krank im Geiste, sagte ich mir, da möchte ich aber nicht dabei sein! Vielleicht war er es schon, dachte ich dann, die Symptome, mit denen er damals zu mir gekommen war, waren durchaus nicht verschwunden, das wusste ich. Einen Arzt hatte er nicht aufgesucht. Er ließ alles so laufen, als habe er Aussicht darauf, dass eines Tages das Leben nur noch schön sein würde. Nachdem ich meine monatliche Praxis-Abrechnung hinter mich gebracht hatte, gönnte ich mir an meinem freien Tag einen längeren Aufenthalt in einem der Cafés in der Nähe meiner Wohnung. Die Sonne schien auf den kleinen Platz vor dem Café. Ich setzte mich in die Sonne. Es tat gut, ein wenig Wärme auf der Haut zu spüren.

Auf der Lokalseite der Tageszeitung sprang mir ein Phantombild des immer noch nicht gefassten Mörders entgegen. Für fast zwei Tage hatte ich diesen Mordfall vergessen können. Zuviel eigene Themen hatten sich in den Vordergrund geschoben. Das Phantombild sah grässlich aus. Ein glatzköpfiger Mann, Gesicht mit großen Augen, langer Nase und schmalen Lippen, starrte mich an. So sehen viele Männer aus, dachte ich. Wo soll man denn da anfangen zu suchen? Im Text hieß es, man habe den ehemaligen Freund in der Zwischenzeit ausfindig gemacht; er lebe in Düsseldorf, allein und zurückgezogen, ein eingebürgerter Ausländer, nicht vorbestraft oder sonst auffällig geworden bisher.

Die Eltern des Opfers hätten schließlich auf Drängen der Polizei den Namen preisgegeben, nachdem sie einsehen mussten, dass sie sich sonst strafbar machten. Ein Foto war nicht abgebildet. Auch hatte man diesen Mann nur einmal kurz verhört. Ich rätselte. Für mich stand dann jedoch fest, dass der Täter das Opfer gekannt haben musste.

Plötzlich spürte ich, wie sich zwei Hände schwer auf meine Schultern legten und ein Gesicht nahe dem meinen erschien und mir zuflüsterte: „Psychologin löst ihren ersten Kriminalfall!"

Ich erkannte Mangals Stimme, fremd und überheblich. Ich hatte kein Verlangen, mit ihm zu sprechen. Aber, wie so oft, war er einfach da. „Hast du schon Büroschluss", brachte ich dann mühsam heraus, „so früh?" „Ja, bei dem schönen Wetter bin ich etwas früher gegangen. Ich dachte mir, dass ich dich hier finde. Was hast du bestellt? Tee? Den trinkt man besser zu Hause. Ich werde einen Capuccino trinken."

Ich stand auf, um zur Toilette zu gehen. „Passt du bitte kurz auf meine Tasche auf, ich bin gleich wieder zurück", bat ich ihn. Als ich zurückkam, war ich entschlossen, nicht mit ihm hier sitzen zu bleiben. Was ich brauchte, war Entspannung, und die konnte ich in seiner Gegenwart nicht finden.

Sein Gesicht war ernst. Ernster als sonst. Und bleich, als hätte er das ganze Frühjahr im Keller verbracht. Hinzu kam, dass er mit seinem hellen braunen Anzug unvorteilhaft gekleidet war. Wie konnte ich diesen Mann einmal ganz nett finden, fragte ich mich vergeblich. Die teigige Haut, diese nachlässige Kleidung, dieses stetige Zigarettengefummele. Und wie werde ich ihn jetzt los. Ich machte Anstalten zu zahlen. Er sah das und fragte, ob ich schon gehen müsse. Ich bejahte.

„Ich komme mit", sagte Mangal, legte einen Geldschein auf den Tisch und stand mit mir gemeinsam auf.

„Warum verfolgst du mich", fragte ich ihn. „Und warum vor allen Dingen tust du so, als wäre in den letzten Monaten nichts geschehen, über das wir zu reden haben?"

„Ich habe sehr viel Pech gehabt", sagte er, anstatt meine Frage zu beantworten. Wir gingen ein paar Schritte, bis er plötzlich stehen blieb.

„Heute war die Polizei bei mir", sagte er mit fast tonloser Stimme. „Sie haben mich angerufen und sind dann in meine Wohnung gekommen. Meine ehemalige Freundin ist tot." Ich starrte ihn an. Das war das erste Mal seit jenem Abend zu Beginn unseres Bekanntschaft, dass er diese Frau wieder erwähnte. Und jetzt sollte sie tot sein! „Wie ist denn das passiert", fragte ich entsetzt. „War sie schon länger krank?" „Du hattest doch die Zeitung von heute eben in der Hand. Da steht alles drin, was man bis jetzt weiß." Ich sah in seine Augen. Die waren dunkel und hatten einen feuchten Schimmer, als ob er weinen wollte. Er stand vor mir, als wolle er in meine Arme fallen. Ich ging rechtzeitig auf Distanz.

„Das tut mir leid, sagte ich jedoch leise. „und was wollte die Polizei von dir?"

„Ich komme natürlich auch als Täter in Betracht, da sie ja ermordet worden ist und es keine aufklärenden Hinweise gibt. Aber sie sind dann wieder gegangen, nachdem ich nichts zur Lösung des Falles beitragen konnte. Schließlich war ich an dem fraglichen Wochenende im Bergischen Land." „Die arme Frau", sagte er eine Weile später.

„Wann hattest du denn den letzten Kontakt mit ihr", fragte ich. Er tat, als rechne er nach, bevor er sagte: „Es ist schon einige Zeit her, sie wollte mich mal sehen, weil sie die Trennung nicht verkraftete. Sie litt sehr darunter, dass wir beide, du und ich, zusammen waren", fügte er hinzu. „Sie hat oft angerufen, um mich zu überzeugen, zu ihr zurückzukommen. Sie wollte auch mit dir sprechen, aber das habe ich verhindert."

„Das hättest du ruhig zulassen können", sagte ich spontan, weil ich mir das auch schon vorgestellt hatte.

„Nein, das wäre nicht gut gewesen", bestätigte Mangal noch einmal seine Meinung. Ich schwieg. Was sollte ich auch sagen. Dieser Mensch war dermaßen verstockt, dass es keinen Sinn hatte, sich noch in irgendeiner Weise zu engagieren. „So", sagte ich, und gab damit unmissverständlich zur Kenntnis, dass ich allein sein wollte, „ich gehe jetzt direkt nach Hause. Und du, sei doch froh, dass die Polizei wieder weg ist!"

„Du hast gut Lachen", sagte er, „Du hast nicht soviel am Hals wie ich." Ich schwieg.

„Wann hast du denn mal Zeit für mich", fragte Mangal enttäuscht.

„In dieser Woche nicht mehr", sagte ich so streng ich konnte und wandte mich zum Gehen. Ich sah noch, wie er davon schlich, da ich nicht widerstehen konnte, mich umzudrehen.

In deiner Haut möchte ich nicht stecken, sagte ich leise vor mich hin.

Lügen und Mord

Als ich am Abend meine Sachen für den nächsten Tag zurechtlegte und einen Blick in mein Portemonnaie warf, war ich fast sicher, dass mindestens ein 50-Euro-Schein fehlte. Soviel Geld, dass ich den Überblick verlieren könnte, trug ich nie bei mir. Was soll das denn jetzt wieder, sagte ich verärgert, es reicht eigentlich mit den Spielfeldern. Wir müssen nicht noch ein neues eröffnen. Und doch, es nagte an mir, dass der Griff in mein Portemonnaie auch noch hatte stattfinden müssen. Vor einiger Zeit schon hatte ich eine ähnliche Entdeckung gemacht, damals jedoch noch nicht mit dem Wissen, dass Mangal spielsüchtig war oder überhaupt, dass er es genommen haben könnte. Was wusste ich schon von ihm? Heute ja, da war ich besser informiert, jedoch keineswegs klüger, was Vorsichtsmaßnahmen betraf.

Ich hatte, wenn ich ehrlich wahr, auch gar keine Lust, mein Leben anzupassen an die Verhaltensweisen irgend eines Menschen in meiner näheren Umgebung. Und da der Fall „Mangal" in Kürze für mich abgeschlossen sein würde, hatte ich als letztes vor, künftig mit Misstrauen durch die Welt zu laufen. Also verbuchte ich den Verlust des Geldes als normalen Schwund.

Ich stellte mir, als ich zu Hause in meinem Wohnzimmer in Geborgenheit war, sehr wohl vor, was für ein Gefühl es für ihn gewesen sein musste, der Polizei Rede und Antwort zu stehen. Wo er sowieso jede Art von Autorität ablehnte. An diesem Abend war es auch, dass meine Gedanken sehr merkwürdige Ausflüge machten. Die Frau war in Köln ermordet worden. Und hatte Mangal nicht gesagt, er sei an dem fraglichen Wochenende im Bergischen Land gewesen? Das stimmte gar nicht. Ich hatte doch an jenem Freitag ein so seltsames Gefühl gehabt, das ich mir nicht erklären konnte, und genau zu dieser Zeit war der Mord geschehen. Und Mangal war nicht bei mir gewesen. Konnte ich den Gedanken zu Ende denken? Durfte ich das überhaupt? Der Mensch kann ja machen, was er will, solange er einem anderen nicht schadet; das war, was ich gelernt und verinnerlicht hatte. Was hatte Mangal getan? Mangal mit dem Mord in Verbindung zu bringen, war so ungeheuerlich, dass mir fast der Atem aussetzte. Welches Motiv sollte dabei eine Rolle spielen? Ich schalt mich selbst jedoch als überdreht und beschloss, mich künftig nicht weiter mit dem Mordfall zu beschäftigen. Manchmal gab es im Leben Ereignisse, die an unterschiedlichen Orten stattfanden und doch miteinander eng verknüpft waren. Sollten die Dinge ihren Lauf nehmen. Was hatte ich damit zu tun? Ich müsste meinen Hormonspiegel mal messen lassen, war alles, was ich mir als Gutenachtempfehlung einfallen ließ. Zufrieden mit dieser beruhigenden Idee, nach der sich alle Unklarheiten wie von selbst wieder verflüchtigt haben würden, schlief ich bald darauf ein.

Ein Wochenende wollte ich meinem Ordnungssinn noch opfern, bevor ich mich langsam darauf einstellen würde, des Öfteren in meinem Dorf mit Max an der Seite eine andere Art von Leben aufzunehmen. Wie es letztlich aussehen könnte, wagte ich zu diesem Zeitpunkt noch nicht zu denken. Alles war neu: die Gefühle, die Max in mir hervorgerufen hatte, die Aussicht auf gemeinsames Erleben; Übereinstimmung in vielen Bereichen des Denkens, eine gemeinsame Vergangenheit; neu war auch der Mut, einen klaren Schlussstrich unter eine Beziehung zu setzen, die diese Bezeichnung eigentlich nicht verdient hatte. Das Schönste aber war diese psychische Freiheit, in die ich langsam eintauchte, die mir Energie zufließen ließ, die ich nur richtig zu nutzen wissen müsste. Mir war bewusst, dass das keine leichte Aufgabe sein würde. Bei der Hartnäckigkeit Mangals war noch mit Vielem zu rechnen. Aber ich wusste, ich würde das schaffen. Und genau dieser klare Ausblick in eine Zukunft ohne Angst, Misstrauen, Eifersucht, Geldnot, ohne immer wieder aufzubringendes Verständnis für Verhaltensweisen, die mit mir selbst nicht das geringste zu tun hatten, das zugelassene Mitleiden, all dies beiseite geschoben, öffnete viele Türen in ein neues Leben. Max gab mir eines Tages zu verstehen, dass seine Rolle zu der Zeit, als ich die geschilderten Gedanken hatte, für ihn durchaus noch nicht fest umrissen war und von ihm auch nicht umrissen werden konnte. Zu sehr war er Zuschauer einer auseinander gehenden, zur Gewohnheit gewordenen Wechselbeziehung zwischen einem mehr als ungleichem Paar, eines Beziehungsgeflechts, das so verzwickt ineinander verwoben war, dass es nur schwer vorstellbar in einer kurzfristigen Auflösung enden würde. Noch dazu in einer unspektakulären, frei von Rest-Emotionen. Für mich hörte sich das an wie die Beschreibung des Zustands nach dem verharmlosten Reaktorunfall in Tschernobyl. Mit dem Restrisiko leben, ein absurder, ja zynischer Begriff. Aber etwas Besseres fiel auch Max nicht ein. Er erwartete lediglich von mir, dass ich eindeutig sei und mich entscheiden würde. In aller Klarheit würde er das fordern. Und er wollte nicht involviert sein, bevor er nicht Zutrauen zu dieser Art von Klarheit gefasst hatte. Wie viele Beziehungen hatte er scheitern sehen, denen es schon zu Beginn an Wahrhaftigkeit und Klarheit fehlte. Das sollte ihm mit mir nicht passieren. Er dachte tatsächlich manchmal an ein UNS; es schlich sich ein. Es war gut, dass es sich einschlich. Denn wenn es kein UNS gab, würden wir beide weiter in unseren Einzelbestandteilen verharren, und wer weiß, ob wir dann nicht die Chance unseres Lebens verpasst hätten.

Ein Toter, Gerüchte, Entscheidung

Ich hatte mich also wieder einmal allein in mein Dorf zurückgezogen, als ich am Samstagvormittag auf einem Spaziergang Zeuge eines Unfalls wurde. Das Wort Unfall hatte mich schon als junges Mädchen beeindruckt. Den Sinn hatte ich bis heute nicht verstanden.

Das Gegenteil von Glück ist Unglück, das Gegenteil von Unmäßigkeit ist Mäßigkeit; darunter konnte man etwas verstehen. Das Gegenteil von Unfall war Fall; aber das stimmte offenbar nicht. Warum war diese Sprache nur so kompliziert? Ich jedenfalls war ich überrascht, als ich auf einer weiten Frühlingswiese erst die Geräusche und dann den Wirbel wahrnahm, den nur ein Hubschrauber verursachen konnte, der zur Landung ansetzte oder startete. In diesem Falle startete er zur nahe gelegenen Klinik, wie ich sehr schnell erfuhr. An Bord war ein Mann, der, zusammengebrochen auf einem der Wanderweg, von Waldarbeitern gefunden worden war. Er habe wahrscheinlich einen Herzanfall erlitten, habe nicht mehr sprechen können. Ich fragte, wie dieser Mann denn ausgesehen habe. Ich erkannte anhand der Beschreibung sehr schnell, dass es sich um meine Bekanntschaft, den Mann mit dem Herzschrittmacher, handelte. Die Männer gaben diese Information weiter. So konnte man vielleicht Zeit gewinnen, wenn es nicht doch schon zu spät wäre. Staunend hörten die Männer sich das an. Das war ihnen hier im Wald noch nicht begegnet. Die Frage, ob ich diesen Mann gekannt habe, musste ich verneinen. Damit wurde das Rätsel nicht kleiner.

Ich fragte mich, was das Aussetzen des Herzschrittmachers verursacht haben könnte. Aber auch die um mich herum stehenden Waldarbeiter wussten die Antwort nicht. Ich war wie von fremder Hand geführt, als mein Weg mich direkt in die Klinik wies. Der behandelnde Arzt bestätigte meine Vermutung, weil man ja den Patienten schnell hatte identifizieren können. Aber trotzdem war der Rettungsversuch vergeblich gewesen. Auf meinem Rückweg kam mir das Strahlen in den Sinn, das ich bei der zweiten Begegnung an ihm wahrgenommen hatte, als sei er auf dem Wege der Stabilisierung. Das Gegenteil war also der Fall gewesen. Wie verschlungen die Pfade sind, gerade, wenn sie klar vor einem zu liegen scheinen, war alles, was mir zu dem Tod des Mannes einfiel.

Und genau das erzählte ich Max. Ich sprach auch darüber, wie schnell das Leben vorbei sein könne und man solle um des Himmels Willen nicht alles in die Zukunft verschieben, was man an Ideen und schönen Plänen im Kopf hatte. Da stimmte Max mir zu. „An guten Vorsätzen kann man nicht genug haben", sagte er. „Besser, wir fangen gleich damit an, sie umzusetzen."

Der Mann im Wald hatte nichts von seinem bald bevorstehenden Tod geahnt, durfte ich annehmen. Und es hatte ihn erwischt, der voller Hoffnung seinen Aufenthalt in der Klinik genossen hatte.

An jenem Samstagabend telefonierten Max und ich recht lange miteinander. Ich hielt nicht viel von dieser Art der Kommunikation, war aber in jener Phase der Nachdenklichkeit bereit, meine Vorbehalte kurzfristig über Bord zu werfen. Ich war sehr damit beschäftigt, mir eine gemeinsame Zukunft vorzustellen und zu definieren, was wir unbedingt zu vermeiden hätten. Max sagte mir, er hielte das alles für zu hypothetisch, da nur im wirklichen Zusammenleben sich zeige, was von solchen Theorien umsetzbar sei und was nicht. Ich hatte ein paar Gläser Rotwein getrunken, und es war schon weit nach Mitternacht, als das Telefon noch einmal klingelte. Ich dachte, es sei Max, der mir noch gute Nacht wünschen wollte. Es war jedoch Mangal, der mich tatsächlich um diese Zeit anrief, um mir mitzuteilen, dass er am Sonntag kurz vorbei kommen werde, um ein paar der Sachen, die er in meinen Stallungen deponiert hatte, zu sortieren. Darüber war ich weder erfreut noch irgendwie angenehm berührt. Ich würde gestört werden in meinem eigenen Aufräumprogramm, und das gefiel mir nicht. Er rief aus seinem Taxi an; ich hörte die Geräuschkulisse der lebendigen Stadt durch das geöffnete Fenster.

Mit einemmal kam ich mir so verlassen vor, so abseits von allen schönen Unternehmungen, von den Freunden, von Gleichgesinnten, dass ich melancholisch wurde. Es gelang mir nicht, Mangal die Idee auszureden, was noch zusätzlich ein Ärgernis bedeutete. So protestierte ich nicht gegen seine Absicht; erklärte nur, ich hätte keine Zeit für ihn. Das schien ihn jedoch nicht weiter zu interessieren.

Ich nahm das vor dem Telefonat in Händen gehaltene Portrait meiner Urgroßeltern wieder auf und betrachtete noch einmal das sympathische Gesicht des Urgroßvaters; mit welcher selbstverständlichen Pose stellte er seine Weltläufigkeit zur Schau; er strahlte Ruhe aus und vermittelte ein Gefühl der Geborgenheit. Und dies, obwohl seine Frau auf dem Foto nicht gerade fröhlich, eher verkniffen aussah.

Von der Frau eine Verwandtschaft abzuleiten, dazu ließ ich mich nicht verführen. Dann schon eher von ihm, dem Mann. Ich hatte einen Moment erwogen, das Foto in meinem Arbeitszimmer an die Wand zu hängen, änderte dann meine Meinung und stellte es zurück in eine Umzugskiste, in der weitere Fotos auf einen ihnen zustehenden Platz warteten. Wahrscheinlich würden sie lange warten müssen. Als ich in meinem angenehm großen Bett in der guten Luft der dörflichen Umgebung ohne den sonst obligatorischen Autoverkehr lag, wusste ich wieder, warum ich hier nicht einfach die Tür für immer geschlossen hatte. Es war so spät oder so früh, dass der Gesang der Vögel schon eingesetzt hatte. Eine Weile hörte ich noch zu, dann musste ich eingeschlafen sein.

Mein Frühstück unter den Bäumen des großen Gartens war von der Zeit her fast schon ein Mittagessen. Für mich war es die schönste Stunde des Tages. Ein halber Tag stand noch bevor mit seinen Überraschungen oder seiner Eintönigkeit oder mit seinem Versprechen, etwas wahr zu machen, mit dem man gern rechnete. Heute jedoch rechnete ich nur mit dem Durcheinander, das jedes Mal zur Anwesenheit Mangals gehörte.

Ich redete mir gut zu, indem ich mich aufforderte, ihn nicht mehr ernst zu nehmen und einfach gewähren zu lassen, als sei er ein Fremder. Als er dann irgendwann real vor mir stand, war er mir tatsächlich so fremd, dass ich fast erschrak. Diese innere Distanz würde nie mehr aufhebbar sein, Gott sei Dank, sagte ich mir, und verhinderte, dass sich Wehmut breit machte hinter diesen Gedanken. Ich ließ ihn gewähren mit dem, was er vorhatte, was immer das sein mochte.

Irgendwann setzte er sich zu mir in den Garten mit der Absicht, ein Gespräch zu beginnen. Ich legte höflicherweise mein Buch beiseite, ganz schroff wollte ich nun auch nicht sein. Aus seinem Mund kam nichts Erbauliches. Wenn ich mich recht entsann, war das kaum jemals der Fall gewesen. Was hatte mich nur so fasziniert? So weit weg lag das alles, dass es mir lieber gewesen wäre, ihn, wenn es denn sein musste, nur aus der Ferne zu sehen. Vielleicht noch zu wissen, er lebte, mehr nicht. Womöglich nicht einmal das. Er verfügte offenbar über eine Art Taktgefühl, da er sich recht schnell anschickte zu gehen. Ich verabschiedete ihn wie einen Zeitungsboten. Dann las ich weiter in meinem Buch. Später, als ich selbst aufräumen musste, fiel mir nur auf, dass diese eine Umzugskiste nicht mehr an ihrem Platz stand und auch nicht anderswo.

Ich machte mich auf den sonntäglichen Heimweg in Erwartung einer langen Autoschlange, die sich in den vergangenen Jahrzehnten auf dieser Strecke als normal hatte entwickeln können. Der späte Nachmittag und auch der Abend eines Sonntags bedeuteten rare Stunden zwischen dem Noch-Frei-Haben und dem Wieder-Eingebunden-Sein, in denen ich doch hin und wieder den Montag schon in meinen Gedanken hatte. Auch ging ich mit diesen Abenden nicht so großzügig um wie am Freitag oder Samstag, wo sich die Zeit noch so unendlich vor mir dehnte. Was könnte ich alles tun!

Und am Sonntag dann die Frage, was habe ich getan für mich und wo habe ich Freude erlebt? Ich befand mich in einem Stadium, in dem ich sicher nach vorn schaute, schon allein aus ganz privaten Gründen, die mit einer neuen Beziehung zusammen hingen; der Blick zurück jedoch war mir ebenfalls ein Bedürfnis, da ich zu den Menschen gehörte, die gern wussten, was sie aus den Ergebnissen der Vergangenheit lernen konnte. Und damit war ich für das vergangene Jahr in Zukunft schon ziemlich ausgelastet. Nicht nur meinen Freunden gelang es nicht, mein Verhalten in Bezug auf diesen Mann zu deuten, oder wenn, dann war es nicht gerade schmeichelhaft für mich. Wie sollte ich selbst das bewältigen können? Warum war die Befreiung von Mangal so außerordentlich schwierig? Lange Zeit und immer wieder hatte ich die ehrliche Antwort auf diese eine kleine Frage nicht gefunden.

Verhöre

Ich war weit entfernt in einer anderen Welt, als ich an diesem Sonntagabend in meinem Lieblingskino saß und mir den Film „All about Schmidt" ansah. Das einzige, was mich ab und zu wieder in die Realität zurückholte, war das störende Knistern der Popcorn-Tüten und auch der Geruch desselben. Dass das jetzt in dieses Kino auch schon Einzug gehalten hatte! Ich, die das Buch von Begley kannte, war irritiert über das Drehbuch zum Film. Allerdings hätte ich es wissen müssen, es hatte ja genügend Rezensionen gegeben. So fand ich Jack Nicholson in der ungewöhnlichen Rolle eines gealterten Mannes zwar interessant, auch wenn er zu keinem richtigen Individuum werden wollte und merkwürdig blutleer blieb. Meine Erwartungen waren andere gewesen, ganz offensichtlich.

Die Romanfigur war während der Lektüre in meiner Phantasie entstanden und deckte sich nicht mit dem Filmprotagonisten. Irgendwie kam mir das Phänomen bekannt vor. Aus einer Ecke meines Bewusstseins trat die Gestalt Mangals hervor, umgeben von der Aura, die ich allein ihm zugedacht hatte und die weder mit seiner noch der Realität um mich herum irgendetwas zu tun hatte.

Hatte ich ihn als Opfer der Verhältnisse sehen wollen, war mein Interesse aus dem Vorsatz erwachsen, ihm helfen zu wollen in der für ihn fremden Welt? Merkwürdigerweise war heute meine eigene Welt fremder für mich als die deutsche Wirklichkeit für diesen Mann. Hatte er nicht längst alle Mechanismen durchschaut und darauf entsprechend reagiert? Ich sah ihn schon manches Mal als Chamäleon, dann wieder als jenen störrischen Esel, der den Abstieg in das schützende Tal aus einer Laune heraus verzögert und immer wieder stehen bleibt, um letztlich angetrieben zu werden und doch gehen zu müssen. Ich vergebe Attribute, sagte ich mir und überstülpe andere Menschen in meiner Umgebung mit selbst gesetzten Idealen. Kein Wunder, dass der Mann dahinter auf der Strecke blieb.

Oder ist es mit ihm so wie mit den Orang-Utans aus einer tibetanischen Legende, die zwar in der Lage sind zu sprechen, dies aber nicht tun, da sie fürchten, sonst arbeiten zu müssen?

War Mangal so wortkarg und sprach nicht über sich, weil er etwas zu verbergen hatte? Wer würde für den Rest seines Lebens erstaunt sein, wenn er Mangals Leben vor sich ausgebreitet sähe? Oh, dachte ich, da kann ich mir eine ganze Reihe vorstellen! Aber ich, ich bin doch anders, warum ist er dann auch mit mir so. Er hat es sicher nicht gelernt zu sprechen, wie die meisten Männer, hörte ich mich selbst pauschalisierend sagen, als habe jemand mich zu dieser Antwort herausgefordert. Dennoch war ich, als ich das Kino verließ, in guter Stimmung und freute mich auf die letzten Stunden des ausklingenden Wochenendes.

Max hatte sich für die Teilnahme an einem Kongress entschieden, um mich in dieser für mich schwierigen Phase nicht abzulenken oder zu beeinflussen. Alles sollte gemächlich seinen Gang gehen, Kismet mehr oder weniger. Für Lösungen, die aus einem Zwang oder einer Not entstanden waren, hatte er nichts übrig. Und nur aus diesem Grunde war er imstande, ganz ruhig am anderen Ende der Republik unter Kollegen die letzten Stunden im Gedankenaustausch zu verbringen.

Von dem, was sich am Horizont zusammenbraute, bekam er so gut wie gar nichts mit. In dieser Hinsicht stand er mit mir auf einer Stufe. Der Himmel weiß, warum er an diesem Abend das Telefongespräch auf das Geld brachte, das er mir geliehen hatte. Er merkte nur, wie ich innerlich zusammenzuckte. Wahrscheinlich um mich nicht zu verraten, sagte ich nicht viel, nur, dass ich bald zur Bank gehen würde und nachschauen, wie mein Kontostand inzwischen aussähe. Das war alles. Was ich allerdings von dem auf mir lastenden Druck an Mangal weitergab, konnte er nicht ahnen, da er diese Zusammenhänge nicht kannte.

Ich jedenfalls musste unmittelbar nach diesem Gespräch Mangal anrufen. Ich hatte mich dabei ertappt gefühlt, wie ich selbst eine unangenehme Tatsache verdrängt hatte, nämlich, dass ich einem Freund, Max, Geld schuldete und es nicht fristgemäß zurückzahlen konnte. Ich bin nicht besser als Mangal, sagte ich mir. Ich bin auch nicht ehrlich; ich hätte es Max gestehen sollen. Ich verurteile Mangal wegen seines Verhaltens und handle doch genau so.

Mangal hatte unwirsch auf meinen Anruf reagiert. „Ich stecke doch schon genug in Problemen, wieso fragst du mich heute nach dem Geld? Wenn ich es hätte, wäre es schon in deinem Besitz."

„Und was soll ich Max sagen, der nicht weiß, wo es versickert ist?"

„Das ist mir im Moment egal, er braucht es doch nicht dringend, oder?"

Ich wurde wütend: „Ob er das Geld braucht oder nicht, geht dich und mich nichts an", rief ich in den Hörer.

„Geh' doch ein paar Mal mit ihm ins Bett und mach' etwas Besonderes, dass du es schneller abbezahlen kannst", höhnte er ins Telefon.

Ich knallte den Hörer auf die Gabel. Mein Herz schlug rasend, und ich wusste nicht wohin mit meiner Wut. Was der sich alles erlaubte, ich schnappte nach Luft. Ich ging ein paar Schritte hin und her, ergriff eine Jacke und verließ meine Wohnung. Ich rannte die Treppe hinunter, als koste es mein Leben. Ich war mir nicht bewusst, wohin meine Füße mich trugen. Das merkte ich erst, als ich vor seinem

Haus stand. In seinem Wohnzimmer im Hochparterre brannte Licht, das Fenster war geöffnet; ich hörte ihn sprechen in seiner Muttersprache. Seine Sprache hatte etwas Beschwörendes. Ich wartete eine Zeitlang; als ich dann den Ton des Fernsehers wahrnahm, klingelte ich Sturm. Mangal beugte seinen Kopf aus dem Fenster und sagte, als er mich erkannt hatte: „Ach du bist das!" Er ließ mich ins Haus. Die Wohnungstür war nur angelehnt.

Wie ich diese Gänge hasste, und doch, wie oft war ich hier her gekommen, um einige Zeit später enttäuscht abzuziehen und mir zu schwören, das sei das letzte Mal gewesen.

Vor Wut weinend vor soviel Uneinsichtigkeit und Frechheit, war ich die Straßen entlang gelaufen, bis ich wieder vor meinem Haus stand. Diese Vergeblichkeit tat weh. Ich glaubte zu wissen, dass ich ihn meistens traurig zurück ließ. So viele Kämpfe für nichts und wieder nichts! Wenn wenigstens einer von uns einen Sieg davongetragen hätte. Nicht einmal das konnte ich vermuten.

Mangal setzte sich in einen der Korbsessel, mit übergeschlagenen Beinen. Der Fernseher lief. Er fragte, ob ich die Nachrichten mit sehen wolle. Ich verneinte dies, sagte jedoch, er solle sich nicht stören lassen, ich hätte Zeit.

„Möchtest du etwas trinken?"

„Nein, danke. Ich bin nicht hier, um gemütlich mit dir zu plaudern. Das weißt du genau!" Er verzog keine Miene, hörte mir gar nicht zu. Nach der Wetterkarte stellte er den Fernseher ab. Entschuldigend sagte er: „Ich kann noch nichts zahlen."

„Aber du hast doch gearbeitet", wandte ich ein. „Was machst du mit dem Geld? Du kannst doch nicht so tun, als würde das niemanden interessieren!"

Er zuckte hilflos mit den Schultern. Für mich war das die Gelegenheit, nicht locker zu lassen. „Bist du wieder im Kasino gewesen", fragte ich vorsichtig.

Er antwortete nicht. Ich hörte mein Herz klopfen. In meinen Ohren rauschte es ganz wild. Sonst nahm ich nichts wahr, sah ihn aber ohne Pause an. Meine Hände wurden feucht. Wieso sind es meine Hände, die feucht werden, es müssten doch seine sein. Wie kann er noch aufrecht gehen. Ich kannte die Antwort, die nicht aus ihm heraus kam.

„Du hast weiter gespielt, obwohl du mir versprochen hast, ohne mich nicht zu gehen? Und gefragt hast du mich kein einziges Mal. Das sehe ich doch richtig, oder?"

„Ja", sagte er und senkte endlich den Blick. Ich hätte ihn auch nicht mehr anschauen können, so elend war mir zumute.

„Du hast ja nie das Geld unter dem Teppich weg genommen", kam es trotzig aus ihm heraus.

„Ja, wer ist denn hier eigentlich verantwortlich, du oder ich?" sagte ich mit fester Stimme. „Ich werde morgen einen Darlehensvertrag in deinen Briefkasten werfen; den wirst du unterschreiben. Die Ratenzahlungen werden genau festgelegt, und bei der geringsten Abweichung von diesem Plan wird alles fällig. Ich werde das bei dem Notar hinterlegen, bei dem du die Unterschrift geleistet haben wirst. Und zu gegebener Zeit werde ich deine Familie informieren, damit dein Doppel- und Dreifachleben ein Ende hat und allen in deiner Umgebung die Augen geöffnet werden." Ich wunderte mich dieses Mal selbst über meine Ruhe. Manchmal hatte ich gedacht, das Beste wäre, sich tot zu stellen, um diesem Mann eine Reaktion abzugewinnen. Aber er hatte mir schon mit Worten mehr als einmal den Tod gewünscht, so dass dieses Spiel mich nicht weiterbringen würde.

„Das ist eine gute Idee", sagte Mangal schließlich. Ich traute meinen Ohren nicht. Aber dann nahm ich doch wahr, wie er innerlich aufatmete, jetzt, da er Zeit gewonnen hatte. Für ihn war Morgen Morgen, und das war weit weg. Zu weit, um bedrohlich zu sein. Hauptsache, diese Frau würde aus seiner Wohnung verschwinden.

Diese Frau war ich. Und es waren meine Gedanken. Ich hätte am liebsten geweint, um getröstet zu werden; aber von diesem Mann war nichts zu erwarten außer Enttäuschungen. Ich entschloss mich zum Gehen, da er nicht so aussah, als wolle er mit mir den Abend verbringen.

„Was glaubst du, warum habe ich das Geld nicht genommen", fragte ich, „oder besser gesagt, warum habe ich es nicht gesucht?"

„Weiß ich nicht", antwortete er, „verstehe ich auch nicht."

„Du weißt gar nicht, was du mir alles schon zugemutet hast; dafür fehlt dir einfach jedes Verständnis von einem normalen Leben und einer echten Beziehung, wo nicht einer den anderen nur benutzt."

„Na, du hast ja deine Beziehungen, einen Türken, einen deutschen Zuhälter, und wer weiß, wen sonst noch."

„Und du bist arbeitslos, stehst unter Mordverdacht und hast eine Riesenmenge an Schulden; was ist das für ein armseliges Leben?" Ich schluckte, drehte mich um und verließ diese Wohnung, in deren Luft ich nicht mehr atmen konnte; die nur nach seinen Ausdünstungen und den von ihm verwendeten Gewürzen und seinen

Mahlzeiten roch. Außerdem lauerte in allen Ecken die Gewalt, ohne die er wohl nicht auskommen konnte. Penetrant wie der ganze Mensch, der mir so viel Unglück gebracht hatte. Ekel stieg in mir hoch. Alles, was ich gedanklich mit diesem Mann in Verbindung brachte, war unrein. Und die Aktion mit dem Darlehensvertrag würde ich mir auch schenken können, das war mir mit einem Male klar.

Wie oft hatte ich es bedauert, nicht irgendwo angestellt zu sein und von heute auf morgen den Wohnort wechseln zu können. Mit der Praxis war das ziemlich kompliziert. Außerdem war ich in dieser Stadt zu Hause. Wer nicht hierhin gehörte, war dieser Mann. Es hatte ihn gar nicht gestört, dass ich von seiner Arbeitslosigkeit wusste und ich ihn auf den Mordverdacht angesprochen hatte. Wie weit war er schon abgedriftet in seine Scheinwelt, und das ging seit Jahren so. Ich wusste, dass Menschen in einem derartigen Zustand für ihre Umwelt eine Gefahr bedeuten konnten.

Gedanken um Max und Besuch bei der Kripo

Was mache ich nur mit Max, fragte ich mich. Er kommt bald zurück. Ich muss alles aufdecken. Wie, das wusste ich nicht einmal andeutungsweise. Es war einfach nur peinlich.

Am nächsten Tag war ich überrascht, als ich in meinem Briefkasten eine Aufforderung fand, mich telefonisch bei der Kriminalpolizei in der Kreisstadt an meinem zweiten Wohnsitz zu melden, und zwar zur Abstimmung eines Termins vor Ort. Was kommt denn nun noch auf mich zu, fragte ich mich, die langsam nicht mehr wusste, auf wie vielen Hochzeiten sie tanzte. Ich folgte jedoch der Aufforderung und fixierte eine Uhrzeit für den folgenden Freitagnachmittag. Am Telefon hatte der zuständige Beamte mir keine Auskunft geben können, wie er anmerkte. Ich hatte keine Idee, was man von mir wollte.

Seit Max zurück war, lebte ich nur mit dem Gedanken, wie die Geldangelegenheit zu regeln sei, ob ich ihn einweihen solle oder nicht. Das lag mir schwer auf der Seele. Ob ich mit Verständnis rechnen konnte, war schwer einschätzbar. Das verunsicherte mich, und ließ meine Gedanken wieder und wieder um dasselbe Thema kreisen. Bis ich mich entschloss, ihm einfach die Wahrheit zu sagen. In meinem bisherigen Leben war ich damit meistens am besten gefahren. Warum sollte es diesmal anders sein?

Max war ein Mann. Ein Mann konnte unter gewissen Umständen eine Menge an Verständnis aufbringen. Ein Mann versuchte meistens nach klaren Regeln zu handeln und, wenn das nicht unmittelbar möglich war, nach einer annehmbaren Lösung zu suchen. Ein Mann war kompromissbereit, mehr als Frauen es gemeinhin sein können, glaubte ich zu wissen. Ein Mann zog sich jedoch lieber zurück, als sich einer Sache zu widmen, die ihm über den Kopf wachsen könnte. Das musste schon ein besonderer Typus sein, wenn er das eher als Herausforderung für sich empfand. Dieser Gedanke löste in mir Angst aus. Max war nicht der Mann, der um jeden Preis Frieden bewahren, aber er war auch nicht der Mann, der mich mit meinem Problem allein lassen wollte.

Nur, ich hatte mich in diese Lage gebracht, und nur ich konnte, vielleicht mit seiner Unterstützung, wieder aus der Situation heraus kommen. Er schickte mich nicht in die Wüste, nachdem er sein Darlehen so ungefähr den Rhein abwärts fließen sah, ohne ihm mit einem schnellen Boot folgen und es einfangen zu können.

Eine beginnende nahe Beziehung zu einem Menschen ist einer empfindlichen Pflanze gleich, über deren Zustand man sich, wenn man sie nach dem Erwerb in einer Gärtnerei auf den Balkon in den Frost gestellt hat, nicht wundern darf. Max kam sich jedoch irgendwie überrumpelt vor, kaum dass wir beide ein wenig festen Boden unter den Füßen hatten. Wir hatten ja nur die gemeinsame Vergangenheit auf Distanz, ein grundsätzliches Vertrauen, aber das war es auch schon. Nicht wenig, jedoch zu wenig, um profanen Dingen wie Geld einen entsprechend unwichtigen Stellenwert zuzuweisen. Er war nicht auf das Geld aus; er wollte jedoch unbelastet in diese Beziehung zu mir gehen und erwartete das von mir ebenso.

Ihm war schon klar, dass ich noch nicht ganz frei war; obwohl er sich um Details nie richtig gekümmert hatte. Er war ja kein Detektiv und wollte auch keiner werden. Deshalb konnte ihm die Tragweite dieser merkwürdigen Beziehung zwischen mir und diesem Mangal nicht aufgehen.

Max bat mich, ihm noch ein wenig Zeit zu geben und sich während dessen mit einem Vertrag zu beschäftigen, der Mangal zur Rückzahlung verpflichten würde, nicht wissend, dass ich diese Idee bereits verworfen hatte. So befand er sich im Glauben, die Dinge würden vorbereitet und der Tag nicht fern, an dem wir aufatmeten, weil dieser Mann seine Rolle zwangsweise hatte aufgeben müssen.

So ging ich am Freitag zur Kriminalpolizei ihrer Kreisstadt. Dort sollten mir ein paar Fotos vorgelegt werden, damit ich einen Mann identifizierte und mich erinnerte, ob und wann ich diesen bereits einmal oder auch mehrere Male gesehen hätte. Mein Name war gefallen, als der Tote im Wald geborgen worden war. Es gäbe Anhaltspunkte, dass mit meiner Unterstützung ein Mörder erkannt würde, der in Köln eine Frau umgebracht habe.

Die Ermittlungen hätten bis ins Bergische Land ausgeweitet werden müssen. Ich staunte, jetzt war ich mitten drin im Mordfall. Ich befragte die Männer so ausführlich und konkret nach Einzelheiten des Falles, den sie über einige Wochen verfolgt hatte, dass diese ins Staunen kamen. Ich gestand dann, dass mir der Mord keine Ruhe gelassen hatte. Mitten in meiner Rede spürte ich plötzlich einen Stich unterhalb des Herzens. Als müsse ich mich selbst zur Ordnung rufen, stand ich auf und ging im Büro herum. Die beiden Beamten staunten mich an. Was hatte diese Frau; sie benahm sie seltsam. Mein Herz pochte ganz aufgeregt, weil ich mir plötzlich vorstellte, Mangal identifizieren zu müssen. Mangal, der an jenem Freitag entgegen seinen Behauptungen nicht bei mir gewesen war. Wir hatten nur miteinander telefoniert, und selbst das war merkwürdig gewesen. Mangal, der die ermordete Frau gekannt, der einen Koffer bei mir abgestellt und ganz schnell wieder weg geholt hatte; Mangal, der in akuter Geldnot war und die Frau, von deren Konto kurz vor dem Mord viel Bargeld abgehoben worden war, lebte nicht mehr, und das Geld war verschwunden. Ich fühlte mich ganz heiß werden, als wollten die verdrängten Indizien – dass es solche sein mussten, wurde mir erst jetzt klar – allesamt und gleichzeitig in mein Bewusstsein stürmen. Sie kamen aus dem Herzen, nicht aus dem Kopf, und das war das Schlimme.

Ich sah die beiden Männer an und bat um ein Glas Wasser. Ich überlegte, wie ich weiter vorgehen sollte. Ich musste Zeit gewinnen, aber wie? Konnte jemand von mir verlangen, dass ich Mangal ans Messer lieferte? Ich könnte so tun, als kennte ich ihn gar nicht, wenn die Fotos vor mir lägen, sagte ich mir und empfand das als durchaus gerechtfertigt. Dann meldete sich das andere Ich zu Wort, das sagte, ich kann doch keinen Mörder schützen, das geht doch nicht. Hatte ich laut gedacht?

Einer der Beamten sah mich fragend an. „Können wir beginnen? Ich nickte. Meine Hände waren kalt und feucht, mein Gesicht glühte, als auf dem Tisch ein paar Fotos ausgebreitet wurden. Ich hoffte, dass ich mich nicht gleich durch eine Bewegung oder ein Wort oder eine Geste verraten möge. Ich traute kaum meine Augen auf die Fotos zu richten. Ich sah an den Umrissen, dass es sich um Passfotos handelte. Ich gab mir einen Ruck, weil ich sonst aufgefallen wäre durch mein zögerndes Verhalten. Als ich meine Augen über die Fotos gleiten ließ, hielt ich spontan die rechte Hand vor den Mund, um nicht Worte entlassen zu können. Ich schluckte zwei-, dreimal hintereinander, griff dann zum Wasserglas und lehnte mich zurück, mich an der Schreibtischkante festhaltend.

„Nun, kennen Sie diesen Mann, oder erkennen Sie ihn wieder?" fragte einer der Beamten. Ich nickte: "Ja, ich erkenne ihn. Aber ich kenne ihn nicht; ich bin ihm zweimal im Wald, nein dreimal begegnet, aber beim dritten Mal lebte er schon nicht mehr."

Fragend blickte ich auf. „Und es handelt sich wirklich um den Mord in Köln? Sind Sie sicher?" Ich war momentan überfordert, einerseits erleichtert, kein Foto von Mangal vor mir zu haben, andererseits sozusagen nachträglich erschrocken, wenn das wirklich stimmte, was die Männer hier behaupteten.

„Ja, ja, wir sind ganz sicher, dass dieser Mann der gesuchte Mörder ist. Wir haben ein paar Spuren gefunden, bei denen wir anhand eines DNA-Tests mit größter Wahrscheinlichkeit seine Täterschaft nachweisen können."

Irgendwie fühlte ich mich so befreit, dass ich kaum glauben mochte, soeben einen Menschen in seiner Funktion als Mörder mit bestätigt zu haben. Andererseits saß ganz tief in meinem Herzen, wie in Beton eingegraben, dieser andere Verdacht. So leicht war der nicht zu zerstören. Ich wurde noch zu einem Protokoll gebeten, in dem ich niederlegen musste, wann und wie oft ich dem Toten in dessen anderem Zustand begegnet war und ob mir etwas Auffälliges im Gedächtnis geblieben sei. Ich schilderte meine erste Vermutung auf dem Spaziergang, dass mit diesem Manne etwas nicht stimmen könne. Es blieb jedoch auch jetzt im Nachhinein diffus wie damals. Da es zu keinem Prozess mehr kommen würde, berichteten mir die Beamten über ihre bisherigen Ermittlungen. Dabei versäumten sie nicht, darauf hinzuweisen, dass mir wohl großes Glück widerfahren sei bei den Begegnungen mit dem Mörder, der er damals schon gewesen sein musste. Obwohl, und jetzt kamen sie zum Kern der Tat, dieser Mann normalen Frauen nicht zu nahe getreten sei. Da liege nichts vor. Bei der Toten handelte es sich jedoch um eine Frau, die in der Sado-Maso-Szene verkehrte und dabei den Herrn wohl bereits vor einiger Zeit kennen gelernt hatte. Berichten von Freunden zufolge hatten diese beiden Menschen des Öfteren ihre Spiele miteinander getrieben, deshalb auch die Brandmarkung auf dem Unterarm. Die Beamten lächelten sich verständnisinnig zu. Ich sagte, dass sei noch kein Grund, als Mörder in Verdacht zu geraten. Aber er musste der letzte gewesen sein, der mit ihr in Berührung gekommen war, meinten die

Fachleute vom Revier. Wahrscheinlich sei Eifersucht mit die Ursache gewesen, man wisse doch, was in diesen Kreisen alles so geschähe. Ich wurde ein wenig trotzig, wie es meine Art war, wenn ich mit einer Aussage nicht einverstanden war, weil ich die Hintergründe besser kannte, jedoch aus bestimmten Gründen zum Schweigen verurteilt war. Wie jetzt eben auch: man hatte einen Mörder; dass der tot war, war nur gut. So konnte der Fall abgeschlossen werden.

„In welchem Zusammenhang muss dann das verschwundene Geld zu dem Mord stehen", fragte ich mit Nachdruck, weil mir mehr als ein Glied in der Indizienkette fehlte. Die Männer konnten oder wollten darauf nicht eingehen, sagten nur, aus vielen unterschiedlichen Gründen könne das Bargeld verschwunden sein. Diese Sache sei eindeutig klar. Für mich, die ich mich erhoben hatte, und nun entlassen wurde, mit einem Dankeschön und einem Händedruck der Landesdiener, kam das alles sehr überraschend, da viel zu schnell.

Ich selbst war in dem Fall noch nicht so weit vorgedrungen. Und nun sollte alles schon aufgeklärt und erledigt sein? Der Erleichterung folgte eine Schwere, nun, da ich mir das Gesicht des Fremden vorstellte, das mir bei meinem zweiten Treffen so voller Hoffnung auf gesundheitliche Besserung entgegen gestrahlt hatte. Ich konnte diese ganze konstruierte Geschichte nicht glauben. Irgendwie wurde ich den Eindruck nicht los, dass hier die Aktendeckel geschlossen wurden, weil man sich zufrieden gab, nicht, weil man die Wahrheit aufgedeckt hatte. Und das war für einen Menschen wie mich mehr als nur ein Ärgernis. Mit einem dumpfen Gefühl der Unsicherheit, das mich sehr befremdete, da es aus einer Ecke meines Wesens kam, die zu anderen Zeiten eine verlässliche, ruhige war, beging ich diesen Freitagabend. Bei allem, was ich tat, war meine Konzentriertheit nicht die mir vertraute, und das hätte ich gern geändert.

Am Abend rief ich Max an, mit einer Stimme, hinter der Fröhlichkeit und Befreitheit von einem Druck, der seit langem auf mir gelastet haben musste, zum Vorschein kamen. Sein Ohr nahm eine endlich einmal wieder optimistisch klingende Stimme auf.

Warum allerdings die Aufklärung dieses Mordfalls für mich diese große Bedeutung hatte, war ihm damals nicht bekannt. Wir lachten viel an diesem Abend, zumal Max auch einige Episoden, die sich am Rande des Kongresses abgespielt hatten, sehr plastisch schilderte. Wenn Ärzte sich treffen, ist der Raum erfüllt von einem merkwürdigen Humor. Das hängt sicher mit dem täglichen Umgang mit Schmerz, Tod, Krankheit, auch mit Simulationen und Täuschungen zusammen, denen diese Vertreter einer auch in unserer Gesellschaft immer noch hochangesehenen Berufsgruppe ausgesetzt sind. Einerseits werden sie wie besondere Wesen behandelt, denen man alles Mögliche und mehr noch alles Unmögliche zutrauen und bei denen man seine Ängste ablegen kann, und andererseits werden sie verteufelt, wenn es zu Fehldiagnosen kommt. Selbst manchmal armselige Menschen, fliehen Ärzte angesichts des Leids und vorgezeichneter Schicksale in eine Art Humor, die ihnen ein wenig Entlastung schenkt. Die Grenzen zum Sarkasmus sind fließend. Niemand versteht das besser als der Kollege, auch wenn es einige gibt, die sich auf diese Art der Stressbewältigung nicht einlassen, aus welchen Gründen auch immer.

Da ich im beruflichen Teil meines Lebens ähnliche Erfahrungen machte, täglich wieder und täglich neue, war das Verständnis zwischen Max und mir auf dieser Ebene ein ausgezeichnetes. Ich äußerte mich sogar ab und zu mit drastischeren Worten als er, was schon für sich sprach. Eine Wunde ist eine Wunde, ob in einem Bein oder in der Seele. An dem Abend also lachten wir uns frei. Für den

Sonntag verabredeten wir uns, um einen Theaterbesuch, den wir vor längerer Zeit geplant hatten, endlich auch wahr zu machen. Wir freuten uns und beendeten das Gespräch mit der Aussicht auf diesen Abend. Ich war an sich bereit, ja zu sehr bereit, die letzten Zweifel an der Mordgeschichte, wie die Polizei sie darstellte, abzulegen.

Ich öffnete eine Flasche portugiesischen Rotweins. Ein Roman wartete auf mich, sehr spannend verfasst, und sehr interessant über das intellektuelle Leben in der Hauptstadt der Türkei der siebziger Jahre mit allen Beeinträchtigungen, die zu jener Zeit junge kritische Menschen durch die Politik - eine Militärdiktatur - schmerzlich erfuhren. Es war der erste ausführliche Bericht in Romanform zu diesem Thema, in deutscher Sprache geschrieben von einer jungen Türkin, die unter anderem auch in Deutschland studiert hatte, und ihrem deutschen Mann.

Leider war das Buch nur in einem kleinen Verlag erschienen. So blieb es einem größeren Publikum vorenthalten. Es war bedauerlich, fand ich, und überlegte, ob ich daran etwas ändern konnte. Es mussten doch Vertriebswege erschließbar sein. Ich war durch den Roman „Ankara oder die Vergeblichkeit der Liebe" mehr als nur gut unterhalten; die siebziger und achtziger Jahre in der Bundesrepublik liefen bald auch prompt - ausgelöst durch diese Lektüre - vor meinem geistigen Auge ab.

Was hatte ich alles verändern wollen; welches waren meine Träume gewesen, und welche Hoffnungen hatte ich für mein Leben und welche Verbesserungen für das Leben der Armen und Kranken in aller Welt gehabt, und was war davon verwirklicht und was war mit der Zeit durch andere Werte ersetzt worden, welche Träume träumte ich heute noch? Eine Aneinanderreihung von Fragen, beantwortet überwiegend nur mit dünnen Antworten, schlecht gepolstert vor dem gnadenlosen Blick realistischer Augen, die sich auch heute noch nichts vormachen lassen wollten. Der Rückzug ins Private hatte nicht nur bei mir begonnen. Es war die nicht unterbrechbare Zwanghaftigkeit in einem jeden Leben - von wenigen Ausnahmen abgesehen - die dazu führte, dass man sich einrichtete und letztlich mehr oder weniger nur noch mit sich selbst, dem eigenen Überleben und Wohlbefinden befasst war.

Daran war nichts Verwerfliches; nur das Eingeständnis tat weh, nichts wirklich Wichtiges mitgestaltet zu haben, trotz der besten und ehrlichen Vorsätze in früheren Jahren. Und man hatte sich das Recht genommen, die Alten zu kritisieren, wo man Schwäche und Feigheit vermutete, ohne die Hintergründe im Detail zu kennen, dachte ich.

Aber politischer Widerstand ohne die Bereitschaft zu einem konkreten Opfer war nur ein Lippenbekenntnis. Und zu mehr hatte es weder bei mir noch bei meinen Freunden gereicht und geführt. Worthülsen, schöne zwar, auch mutig zu einer Zeit, als die Jugend unpolitisch gehalten werden sollte nach dem Desaster des Dritten Reiches und des Zweiten Weltkriegs.

Sich aufzuregen, Maßstäbe setzen zu wollen, die Welt verbessern und vieles Althergebrachte in Frage zu stellen, war immer ein Privileg der Jugend gewesen. Nur interessierte das denjenigen nicht, der gerade jung war; denn er war nur einmal jung, und das war er jetzt; deshalb konnte er nicht fragen und warten, sondern war ungeduldig und unduldsam, ungehorsam und ohne Gnade in seiner Kritik. Ich wusste, dass es nicht anders sein konnte; aber es gab Tage, da sehnte ich mich nach anderen Inhalten und wäre gern bereit, noch einmal die Jugend zu unterstützen, ihr öffentlich das Recht zuzugestehen, das zu tun, was sie sich für eine gerechtere Zukunft vorstellte und das zu unterbinden, was ihnen und der Umwelt schadete und damit auch den Menschen. In diesem Land wurde viel zu viel lamentiert, dachte ich. Es ging fast allen Menschen so gut wie nirgendwo sonst auf diesem Planeten. Nur ich selbst konnte das nicht erkennen, weil ich mich und meine Wünsche zum Maßstab gemacht und mich damit herauskatapultiert hatte aus einem System, das einigermaßen stabil gewesen war, in dem noch Reste einer Solidarität zu spüren waren, leider jedoch mit dem Begriff des Auslaufmodells belegt. Damit war der Mantel, der alles zusammengehalten hatte, stark durchlöchert, und es würde nicht mehr lange dauern, bis ein Hauen und Stechen begönne und die Horde der Einzelkämpfer alles niederwalzen würde auf ihrem egoistischen Weg, der nur dazu diente, soviel wie möglich für sich selbst abzuschöpfen und sich dann aus der Verantwortung zu stehlen. Ich stellte fest, dass ich hier nicht weiterkam; es gab aktuelle Ereignisse, die meine Gedanken überlagerten und mit denen ich schließlich auch in mein Bett stieg.

Samstagnacht - Überfall und Geständnis

Wäre da nicht die beruhigende Musik des mitternächtlichen Programms des Deutschland-Radios gewesen, wer weiß, welchen Gedanken ich mich sonst noch hingegeben hätte. Den Samstag verbrachte ich ausgeschlafen mehr oder weniger im Garten. Das Wetter war geeignet, die Blumenbeete vorzubereiten. Das erste Unkraut zeigte sich bereits wieder. Die Kübel und Blumenkästen für die Fensterbänke füllte ich mit Frühlingsblumen, die ich aus der Gärtnerei im Nachbardorf besorgt hatte.

Es tat gut, diese körperliche Arbeit zu verrichten. Ich liebte das genauso wie meine Spaziergänge und kleinen Wanderungen. Der Kopf wurde frei von jeglichem Ballast. Müde nach dem Abendessen, einem Glas Wein und zehn Seiten Lektüre in dem begonnenen Roman, glitt ich sanft hinüber in einen zunächst traumlosen Schlaf. Ein Gesicht beugte sich über mich. Große braune Augen sahen mich fragend an. „Was hast du gesagt", flüsterte eine Stimme, die ich kannte, aber nicht zuordnen konnte. Ich hörte mich wie von fern fragen: „Wo?"

„Bei der Polizei", kam die Antwort. „Nichts", sagte ich. „Was sollte ich denn gesagt haben?" „Die Polizisten haben dich doch verhört? In Bezug auf mich, was genau wollten sie denn wissen." Ich nahm jetzt Mangals Gesicht in einem diffusen Licht über mir wahr, bedrohlich und mich verwirrend. Ich sagte eingeschüchtert: „Nichts über dich." „Was", fragte der Mann, und die Augen wurden größer und flackerten unruhig, „haben sie denn ge fragt." „Ob ich ihn kenne." „Wen?" „Den Mann." „Welchen Mann?" „Den Mann aus dem Wald." „Welchen Mann aus dem Wald, sag schon!" Und er packte meine Hände und drückte sie fest auf das Kissen. „Na, den Mann halt, den ich dort getroffen habe." Ich spürte, wie jemand mich schüttelte und wurde wach. Es war tatsächlich Mangal, der auf mir hockte, dass mir fast die Luft weg blieb.

„Was tust du hier", fragte ich ihn mit der Lautstärke, zu der ich in meiner Position gerade noch fähig war. Er nahm mir die Luft durch sein Gewicht. „Lass mich los, dann rede ich", versprach ich.

„Wie bist du überhaupt hier hereingekommen?" „Wie denn", äffte er mich nach, „durch die Tür natürlich, mit dem Schlüssel. Du hast mir ja mit Absicht diesen Brief verschwiegen", sagte er mit Nachdruck.

„Du meinst die Einladung zur Polizei", fragte ich zurück, um Zeit zu gewinnen. Was sollte das? Ich war alarmiert. Er saß mehr oder weniger auf mir und hatte mich im Griff. Ich konnte mich kaum bewegen. Ich versuchte mich zu befreien. „Das wird dir nicht gelingen", sagte Mangal, „bevor ich nicht weiß, was du alles gesagt hast."

"Warum interessiert dich das so", fragte ich zurück. In dem Moment, als ich diese Frage stellte, traf es mich wie ein Schlag. Kein Schlag von ihm, nein, es war nur die Erkenntnis, dass ich richtig lag mit der Vermutung, der Mord sei noch nicht aufgeklärt. Und wieder verbot ich es mir, das weiterzudenken, was notwendigerweise gedacht werden musste. Er war irgendwie verwickelt, aber wie? Ich nahm all meinen Mut zusammen, während ich gleichzeitig darum bat, dass er seinen Griff lockere. Ich werde die Wahrheit sagen, beschloss ich für sich, weil es das einfachste ist in dieser Situation. Und ich sagte tatsächlich: man wollte wissen, ob ich einen Mann identifizieren könne, der des Mordes verdächtig ist an der Frau aus Düsseldorf, du weißt schon, die vom Forstbotanischen Garten. Für einen Moment vergaß Mangal, dass er mich festhalten wollte. Aber als ich das spürte und mich aufzusetzen versuchte, drückte er mich zurück in die Kissen. Er sah mich an mit vor Angst geweiteten Augen, als er fast atemlos fragte: „Und, hast du ihn identifiziert, und wie war das?" Ich sagte, ruhig trotz der Lage, in der ich mich befand: „Ich habe alles gesagt, was ich wusste."

Mir war schlagartig klar, dass ich in diesem Moment ein gefährliches Spiel spielte. Aber ich hatte mir, ohne großartig zu überlegen, die Strategie der Verwirrung zurechtgelegt, um Zeit zu schinden. Und ich hatte nur die eine Aufgabe, Mangal zu beruhigen. Das Gegenteil trat ein. Er griff mein Kinn und schüttelte, von dort ausgehend, meinen Kopf, dass es mir wehtat. „So wirst du nichts erfahren", sagte ich trotzig, mit zusammengepressten Lippen. „Das werde ich wohl" widersprach er. „Ich werde alles erfahren, was ich wissen muss. Hatten die ein Foto von mir?" Ich zögerte einen kurzen Moment, bevor ich sagte: „Ja, hatten die, ein Foto mit einigen anderen Leuten drauf, angeblich die Eltern der ermordeten Frau." Ich spürte, wie er ein wenig von mir abließ. Diesen Augenblick nahm ich wahr, um mich aufzurichten.

Er sah ratlos aus, als er nichts dagegen unternahm. „Dann ist es aus", sagte er. Er hatte nicht wieder versucht, mich auf das Bett zurück zu drücken. Ich rieb mir die Handgelenke und machte ein paar gymnastische Bewegungen. Ich hätte in diesem Moment nicht sagen können, ob ich innerlich angespannt war oder nicht. Ich überlegte. Was ging in ihm vor? „Warum hast du das getan", fragte ich ihn schließlich.

Der abwesende Mangal musste erst zweimal gefragte werden, bevor er auf den Boden der Tatsachen geschleudert wurde und seine Lage korrekt erkannte. „Getan, was getan", fragte er zurück? „Sie umgebracht, diese Hure? Meinst du das? Sie war schwanger, als ich sie das letzte Mal traf; sie wollte mir Geld übergeben, damit ich einen Teil meiner Schulden abtragen konnte. Ich aber sah nur ihren Bauch und das selbstzufriedene Gesicht einer werdenden Mutter! Ich fragte sie, von wem das Kind sei. Sie antwortete nur: von einem, der nicht wollte wie du, dass ich abtreibe. Ich liebe ihn. Warum ich dir noch helfe, weiß ich nicht. Vielleicht aus Mitleid und weil ich mir nichts aus Geld mache und du mich dann in Ruhe lassen wirst. Ich sehe doch dein verkorkstes Leben. Und irgendwie fühle ich mich daran beteiligt." Er habe darauf hin ihre linke Hand ergriffen, um diese voller Ehrfurcht zu küssen, als er diese Gravur sah. Hure, Hure, das Wort ließ ihn nicht los; es war das, was er von ihr immer gedacht hatte, und nun hatte er es schwarz auf weiß vor Augen wie eine nachträgliche Bestätigung. Und sie war auch noch schwanger. Das musste verhindert werden, dass sie Kinder bekam. Er sah vor seinen Augen nur noch ein Flimmern und immer wieder diese Buchstaben, die sich zu einem Wort formten, zu dem Wort, das er ihr früher fast jeden Tag wie einen neuen Namen zugerufen hatte, wenn sie wieder einmal, wie so häufig, gestritten hatten. Erst im Bett, in der Versöhnung, war alles wieder gut. Das verstand die Frau dann überhaupt nicht, hatte er festgestellt. Seine Eifersucht hatte ihn krank gemacht. Und als sie dann allein in Urlaub fuhr, war es für ihn klar gewesen, dass sie einen anderen Mann kennen lernen würde. Und dass er, Mangal, sie verloren haben würde. In dieser Phase habe er mich getroffen. Kein Wunder, dachte ich, die auf diese Weise wieder in sein Gedächtnis gekommen war, dass sich das alles wiederholt.

Er zündete sich eine Zigarette an. Wir waren in die Küche gegangen. Ich holte mir ein Glas Wasser, das ich fast in einem Zug leer trank. Er sah mit einemmal sehr müde und gealtert aus. Aber ich wollte mich nicht täuschen lassen. Ich kannte ihn lange genug, um nicht zu wissen, wie dieser Abend auch enden könnte. Ich war auf der Hut. Er sah mich merkwürdig andachtsvoll an. „Ich habe dich sehr geliebt", kamen die Worte aus seinem Munde. „Wir haben uns zur falschen Zeit kennen gelernt." „Wann wäre denn die richtige Zeit gewesen", wollte ich wissen. „Zehn Jahre früher", sagte er ohne zu zögern, dass ich ihm fast glaubte. „Damals war ich voller Ideale und hatte noch keine Beziehungen zu deutschen Frauen", erklärte er. „Ich habe sie nur alle verehrt, vor allem die blonden", fügte er hinzu. „Und jetzt, was ist mit mir", fragte ich forsch. „Nichts", sagte er, „du stehst mir im Wege. Die einzige, die jetzt weiß, was wirklich passiert ist." „Warum sollte ich etwas sagen", fragte ich. „Möchtest du etwas trinken? Im Übrigen ist es nach zwei Uhr, und ich muss morgen früh aufstehen, um meine Arbeit im Garten zu Ende zu führen. Ich fahre früher als sonst nach Hause, da ich am Abend etwas vorhabe, und zwar in Köln." „Was denn, mit deinem Max ins Kino gehen?" „Lass das, Mangal, bitte", sagte ich entschieden. „Ich weiß schon, was ich tue. Ich möchte jedenfalls jetzt schlafen gehen. Du kannst ja hier die Nacht verbringen oder dich ins Gästezimmer begeben. Platz ist genug vorhanden, und keiner stört den andern." „Habt ihr schon miteinander geschlafen", fragte Mangal, ohne auf mein Angebot einzugehen. „Nein, haben wir nicht. Es geht dich jedoch nichts an." „Gar nichts glaube ich dir", sagte er verächtlich. „Du hast doch schon immer gelogen. Ihr lügt alle und macht die Beine breit für jeden, der euch gefällt." „In meiner Gegenwart verbiete ich dir so zu reden; wenn du Streit haben möchtest, musst du woanders hingehen. Ich werde nicht mitmachen", sagte ich laut. Es sah fast so aus, als habe er sich besonnen.

Die letzte Nacht

Lass uns eine Flasche Wein gemeinsam trinken", bat er.

„Aber es ist schon so spät", wandte ich ein. „Bitte", bettelte er. „Die letzte gemeinsame."

Ich entschied mich dann sehr schnell und holte eine Flasche aus dem Keller. „Eigentlich müssten wir mindestens eine Stunde warten, wenn die Flasche geöffnet ist. Das weißt du vielleicht noch."

So setzten wir uns in mein Wohnzimmer, einander gegenüber wie zwei Boxer vor dem Kampf, die sich aufeinander einzustellen versuchen und sich noch einmal die Schwachstellen des anderen vor Augen führen. Ich interpretierte wieder einmal.

Wahrscheinlich war der Mann jetzt einfach überfordert; obwohl ich ihm keinen Bonus geben wollte, dachte ich so. Aber nach den Erfahrungen in den vergangenen Monaten traute ich ihm nicht und rief mich zur Ordnung, um mich nicht vom Mitleid überrumpeln oder von seinen Scheherezade-Vorstellungen beeindrucken zu lassen.

Ich fragte nach seiner Arbeit, in der Hoffnung auf ein Geständnis. Das blieb jedoch aus. Auch gut, dachte ich. Ich rechnete nur noch in Minuten, bis ich den Wein würden trinken können. An genießen war unter diesen Umständen wohl nicht zu denken.

Er blieb ziemlich einsilbig, war nicht unfreundlich, verfolgte aber jede meiner Bewegungen wie ein Luchs. Beiläufig nahm ich wahr, dass das Telefonkabel nicht in der Steckdose war. Wann hatte er das herausgezogen? Oder hatte ich dies selbst verursacht? Das wäre schon ein merkwürdiger Zufall, weil mir so etwas höchst selten passierte. Ich wurde ein wenig unruhig. Was wollte er wirklich? Zuerst hatte er nur am Wein genippt; jetzt trank er mit einem Mal in recht großen Schlucken. Auch er war nicht in Genießerstimmung.

Ich in meiner nie enden wollenden Naivität fragte ihn, ob ihn etwas bedrücke. „Ha", sagte er, „wie kommst du denn darauf? Sehe ich so aus?"

„Ja", sagte ich, nur um das Gespräch nicht enden zu lassen, weil ich zum einen langsam wieder müde wurde und zum anderen, weil ich aus diesem Manne nicht schlau wurde.

Warum ließ er mich nicht ins Bett gehen? Ich trank sehr rasch, und er schenkte mir nach, obwohl ich abwehrte. „Das entspannt", sagte er. "Das merke ich", musste ich unbedingt loswerden.

„Wir gehen gleich schlafen, lass' uns nur zu Ende trinken", flüsterte er über den Tisch, indem er mir beide Hände entgegen streckte. „Dann schlafen wir wie Engel."

„Du weißt doch gar nicht, was ein Engel ist", lachte ich. „Die gibt es bei euch gar nicht."

„Wenn du nicht das letzte Wort hast", sagte er. „Du wirst dich nie ändern".

„Danke gleichfalls", rief ich, schon ein wenig angetrunken, fröhlich über den Tisch.

„Komm", sagte er, indem er sich erhob und mir eine Hand entgegenstreckte.

„Was hast du vor?"

„Willst du zuerst ins Badezimmer, oder soll ich gehen?"

Ich sagte: „Ich gehe, ich bin richtig müde und habe morgen noch einiges zu erledigen."

"Ja, ja", sagte er, und ließ mir den Vortritt. Erst als ich in den Spiegel sah, bemerkte ich, dass ich die ganze Zeit über im Pyjama herumgesessen war. Das war ganz und gar nicht meine Art. Ich putzte mir noch einmal die Zähne. Und ich freute mich auf den Theaterabend mit Max und auf die vielen Tage und Nächte, die folgen würden. Und wie mein Leben langsam wieder angenehme Konturen erhalten und ich etwas von meiner alten Spannkraft zurückgewinnen würde. Ich muss nur daran glauben, sprach ich meinem Spiegelbild zu.

Als ich das Bad verließ und durch den Flur zum Schlafzimmer ging, gab Mangal mir einen kleinen Klaps auf den Hintern. Ich wunderte mich nur leicht. Das hatte ich von ihm nur erlebt, wenn er heiter und gut gelaunt war. Dann nahm ich noch wahr, wie er zu mir in das Zimmer kam und sich neben mich legte, als sei das die selbstverständliche Folge seines nächtlichen Besuchs. Ich war zu müde für einen Protest und wollte auch einen weiteren Krach vermeiden. Aus diesen Gründen intervenierte ich nicht.

Max bekommt keine Verbindung

Max hatte sich an diesem Samstag mit Freunden zum Bier getroffen und war gegen zwei Uhr nachts nach Hause gekommen, wie er später erzählte. Eigentlich war es zu spät, um mich noch anzurufen. Er wusste jedoch, nach dem ersten Herausgerissensein aus dem Schlaf würde ich mich freuen.

Soweit dachte er aber, wenn er ehrlich war, gar nicht. Er war einfach in Bierlaune, fröhlich, und freute sich auf mich, mit der er den kommenden Abend und vielleicht auch die erste von vielen Nächten verbringen würde. Er war überzeugt, dass ein wenig des Eifers verloren gegangen sein würde, mit dem ich mich in diesen Mordfall gestürzt hatte. Und am Rande war auch er einbezogen gewesen, gegen seinen Willen. Jetzt würde alles in unser beider Leben in Ordnung gebracht werden, damit wir den Stürmen einer neuen Beziehung standhalten könnten.

Dass es kein leichtes Unterfangen war, war uns beiden klar. Dafür waren wir zwei zu starke Charaktere, ausdauernd, erfahren, klug und mutig. Max war guter Dinge, was diese Aussichten betraf. So konkret hatte er seit langer Zeit keinen Plan mehr verfolgt. Umso gründlicher ging er jetzt vor. Er hatte sich geschworen, nicht nur an sich und seine Bedürfnisse zu denken, wie es in seiner Jugend gewöhnlich gewesen war. Er war erwachsen und zum Einlenken und auch zu Zugeständnissen bereit.

Er wählte meine Nummer und ließ das Telefon lange klingeln. Ich würde Zeit haben, aus meinem Schlummer in Ruhe in die Wirklichkeit zurückzukehren und dann von ihm mit zärtlicher Stimme geweckt werden. Hatte er sich verwählt? Er versuchte es noch einmal, jedoch nicht über die Wiederholtaste. Er ließ es so lange klingeln, wie das System es erlaubte. Irgendwann wird ein solcher Versuch abgebrochen. Dreimal insgesamt probierte er, um dann ganz enttäuscht aufzugeben. So konnte er von meinen Worten nur träumen und ist dann wohl auch bald eingeschlafen.

Mangals Verzweiflung

Ich hatte mir alle Mühe gegeben, wach zu bleiben, bis Mangal tatsächlich friedlich und laut vor sich hin schnarchte. Als ich sicher sein konnte, dass ich ihn
durch meine Bewegungen nicht wecken würde, verließ ich ganz vorsichtig das
Bett und das Zimmer. Ich musste unbedingt Max anrufen und ihm mitteilen, dass
ich nicht allein war. Aus vielerlei Gründen. Nicht nur, weil da unterschwellig
Angst sich breit gemacht hatte. Auch, um von vornherein diese Situation offen zu
legen.

Ich wollte keine Geheimnisse vor Max haben. Ich steckte das Kabel wieder an seinen Platz, wobei ich die Antwort immer noch nicht gefunden hatte, warum der
Stecker nicht in der Dose war. Ich wählte seine Nummer und hoffte, er würde
ganz schnell ans Telefon kommen. Dass es schon gegen Morgen war, kam mir
überhaupt nicht in den Sinn. Ich wollte ihm auch sagen, dass ich ihn sehr lieb hatte und wie ich mich freute auf den Sonntagabend.

Eine schlaftrunkene Stimme sprach schließlich in den Hörer. „Max", flüsterte ich,
„gut, dass ich dich sprechen höre. Jetzt geht es mir schon besser." Und ich atmete
erleichtert auf. „Warum sprichst du denn so leise", fragte ein beunruhigter Max
zurück, „ich habe vor Stunden mehrere Male versucht, dich zu erreichen. Wo
warst du?" „Ich war hier", sagte ich leise und wahrheitsgemäß. „Das erzähle ich
dir später. Ich freue mich so auf heute Abend, wie ich mich lange nicht mehr auf
etwas gefreut habe."

Eine Hand schob sich plötzlich über meine und führte den Hörer auf den Apparat.
Ich versuchte instinktiv, noch etwas in den Hörer zu rufen, aber Mangal war
schneller. Er zog mich an sich heran und schmeichelte: „Na, hast du deinen Liebs-

ten angerufen? Er ist weit weg, nicht? Und ich bin hier." „Lass' mich los, Mangal", sagte ich fest, aber er blieb unbeeindruckt. „Komm' zurück ins Bett, meine Liebe", sagte er. „Wieso schläfst du nicht", fragte ich ihn. „Warum sollte ich, das kann ich immer noch. Aber auf mein Schnarchen bist du hereingefallen, nicht wahr?" „Ja", sagte ich, es klang ziemlich echt. „Warum lässt du mich nicht in Ruhe telefonieren?" Mangals Griff wurde fester. „Ich kann dich nicht mehr loslassen. Du gehörst mir." Er strich mir mit einer Hand sanft über die Haare. „Ich habe dich sehr geliebt und bewundert. Aber nun hast du alles kaputt gemacht!"

„Was habe ich denn kaputt gemacht und vor allem, wie?" wollte ich wissen. „Du hast mir nachspioniert", sagte er und lachte seltsam. Ich war aufrichtig empört: „Wenn ich dir wirklich nachspioniert hätte, würden wir heute nicht hier sitzen. Dann würde ich dich bereits nicht mehr kennen. Das ist die Tatsache!"

Ich wurde immer energischer und sprang auf. „Es reicht, was du mir immer wieder vorwirfst; ich will doch mit dir nichts mehr zu tun haben! Du weißt das und lässt mich trotzdem nicht in Ruhe!! Ich möchte ein neues Leben beginnen, endlich wieder frei sein für Freude und Freunde. Mit dir geht das nicht. Du hast mich nur ausgenutzt. Welche Rolle ich bei dir gespielt habe, kann ich bis heute nur erahnen. Und jetzt will ich es auch nicht mehr wissen. Deine Kiste voller Geheimnisse kannst du ruhig geschlossen halten. Irgendwann wird sie von allein aufspringen, und alle Welt wird die Wahrheit wissen. Du kannst dich nicht ewig darum drücken. Du tust mir schon lange leid!"

Er fing mich wieder ein, um mich erneut festzuhalten. „Ich muss Dir nicht leid tun", flüsterte er mir ins Ohr. Ich zog meinen Kopf ein, so unangenehm war mir seine Nähe. Da war auch wieder dieser Körpergeruch, den ich so befremdend und abstoßend fand. Ich versuchte noch einmal, mich seinen Armen zu entwinden, aber er hatte nicht vor, mich loszulassen. „Du wirst mich jetzt in mein Bett gehen lassen", forderte ich. „Ich möchte noch ein wenig schlafen." Dabei versuchte ich mir vorzustellen, auf welche Weise ich es verhindern könnte, dass er wieder mit in mein Bett kam. Das war das letzte, was mir fehlte, und ich würde es zu verhindern wissen. „Ich werde dir jetzt ein Bett im Gästezimmer herrichten", sagte ich folge-richtig. Ich lauschte innerlich, mit Widerspruch rechnend. Der blieb aus.

„Komm, wir trinken noch die Flasche Wein aus", schlug er vor. „Ich kann dich auch nach Düsseldorf fahren heute Nachmittag."

„Nein, danke", erwiderte ich, „ich will wirklich nur ausschlafen, und trinken möchte ich nichts mehr." Ich hatte in kürzester Zeit das Bett gerichtet und teilte ihm das mit, nicht ohne ihm noch eine gute Nacht zu wünschen. Dann ging ich in mein Schlafzimmer. Ich hörte noch, wie er die Flasche Wein aus dem Kühl-schrank nahm und sich einschenkte. Ich drehte den Schlüssel im Schloss herum, legte mich aufatmend ins Bett und schlief bald ein.

Ich hatte nie einen sehr tiefen Schlaf. Das war der Grund, warum ich bei dem ers-ten ungewöhnlichen Geräusch aufrecht im Bett saß. Das hatte normalerweise mit Ängstlichkeit nichts zu tun. An diesem frühen Morgen war das allerdings der Fall. Jemand rüttelte an der Türklinke. Das konnte nur Mangal sein, den ich durchaus nicht aus dem übernächtigten Gedächtnis verloren hatte. Ich stellte mich zunächst schlafend, aber da das Geräusch immer stärker wurde, war es für mich nicht durchzuhalten, mich taub zu stellen. „Lass' mich schlafen, Mangal", rief ich laut genug, dass er es hören musste. „Mach' die Tür auf", hörte ich seine kräftige Stimme, die um Beherrschtheit bemüht war. „Ich muss dir etwas erzählen!" „Ich will davon nichts hören", rief ich zurück. Er wurde lauter: „Wenn du nicht aufschließt, trete ich die Tür ein; das ist mir dann egal, mach' auf!!" Und er trat mit dem Fuß gegen die Tür. Einmal, zweimal, dreimal. Dann folgte eine Pause. „Zum letzten Mal, mach' auf", rief er. „Nein", sagte ich mit fester Stimme und auch laut. „Ich werde nicht aufschließen. Du bist unverschämt!! Geh' zurück ins Bett!"

Ich sah mich um. Draußen wurde es langsam hell. Der Wecker zeigte vier Uhr dreißig. Mein Herz klopfte. Aus dem Fenster zu springen, wäre möglich, führte jedoch zu nichts, da ich meinen Autoschlüssel nicht bei mir hatte. Was blieb mir zu tun, bevor dieser Verrückte im Zimmer sein würde? Weder fiel mir eine Provokation ein, noch hatte ich eine Idee, wie ich ihn beruhigen könnte. Die Angst saß mir jedoch in den Knochen, als ich hörte, wie er mit aller Kraft seinen Körper gegen die Tür warf. Das hieß, dass das Schloss bald nachgeben würde. Ich schwieg, weil ich mir keinen Rat wusste. Das erste Holz splitterte. Die Tür flog gegen den Kleiderschrank, und Mangal stand mitten im Raum, hielt sich die rechte Schulter und verzog das Gesicht.

„Du weißt doch, ich habe immer bekommen, was ich von dir wollte", lachte er irre. „Daran kann ich mich nicht erinnern", entgegnete ich, die jetzt von Trotz und Abwehr ergriffen wurde. Ich saß auch nicht mehr im Bett, sondern stand an meinem Schreibtisch, eine Hand auf der Stuhllehne, als brauchte ich diesen Halt. Er kam näher. Ich stellte an seinen Augen fest, dass er noch mehr getrunken haben musste, was ungewöhnlich war. Er atmete noch immer schwer von der Anstrengung, die er hinter sich hatte. Er befahl mir: „Leg dich wieder hin und sei friedlich!" „Wozu", fragte ich. „Ich werde dir eine Geschichte erzählen; du wirst die einzige sein, die sie hören wird. Danach kannst du ruhig schlafen." Ich war überrascht und überlegte nur kurz, ob eine Flucht in andere Teile des Hauses Sinn hätte. Nein, ich beschloss auszuharren. ich legte mich wieder. Er setzte sich auf den Rand des Bettes und nahm meine linke Hand in seine Hände.

„So eine kleine Hand hast du. Und so voller Kraft bist du. Die Frau, von der ich spreche, war nicht so stark wie du. Sie hat viel mehr das getan, was ich wollte. Sie war total auf mich fixiert. Das ist ihr nicht gut bekommen. Dabei hat sie auch immer versucht, andere Männer für sich zu gewinnen. Sie hatte eine Reihe von Freunden, auch aus früheren Zeiten, auch schwule und andere, die ich nicht kenne. Sie war einige Male schwanger, wahrscheinlich von mir. Ich habe sie zu Abtreibungen gezwungen, weil ich von einer Schlampe kein Kind wollte. Aber irgendwie kam ich von ihr nicht los. Erst als sie im Urlaub diesen Typen kennen gelernt hat, habe ich sie laufen lassen. Da kam sie hinter mir her; auch über ihre Eltern hat sie versucht, mich zurück zu gewinnen. Aber da kannte ich dich schon, und es wäre nicht mehr möglich gewesen."

Ich versuchte, eine Frage loszuwerden: „Was hast du nur an mir gefunden?" „Du schienst unerreichbar. Das hat meinen Ehrgeiz angestachelt. Da ich kein deutschstämmiger Mann bin, wollte ich auch wissen, ob ich es schaffe wie ein deutscher Mann, mit dir bekannt zu werden. Du warst für mich nützlich, in vielerlei Hinsicht; aber ich habe dich auch geliebt."

Ich schnaufte verächtlich: „Du weißt doch gar nicht, was Liebe ist!" Er spulte ohne Pause sein Programm ab, als hätte ich gar nichts gesagt. „Ich habe diese Frau in Köln getroffen, weil ich Geld brauchte. Sie hat genug davon und war auch bereit, mir einen Teil zu geben. An diesem Nachmittag war ich sehr unglücklich, weil ich wusste, dass mein Kartenhaus zusammenbrechen würde in nicht allzu ferner Zeit. Und sie steht vor mir im Sonnenlicht mit einem solchen Bauch - er beschreibt den Leibesumfang mit seinen Armen - und strahlt mich an in meinem Unglück, dass ich denke, wie ungerecht ist das alles. Sie hatte dieses Kind im Bauch, das Geld, Eltern in der Nähe, einen Freund - und ich - hatte gar nichts. Sie machte ein paar dumme Bemerkungen über mein Leben und mein Aussehen, was wohl nicht gerade das Beste war. Und dann sagte sie hämisch, wie gut ich es bei ihr hätte haben können, wenn ich nur ein wenig freundlicher und ehrlicher gewesen wäre. Das war zuviel für mich. Und als sie mich dann noch mit ihrem türkischen Freund verglich - da sah ich nur noch rot. Immer wieder diese Türken, bei dir, bei ihr - überall in der Stadt lauern sie und schnappen die deutschen Mädels weg, diese Analphabeten! Ich sagte, ich hätte ihr Säure in die Vagina kippen sollen, damit sie keinen Spaß mehr haben könnte. Sie lachte nur auf ihre unverschämte Art und hielt sich den Bauch. Der wird niedlich, sagte sie, bald ist er draußen. Ich komme dich dann mal besuchen. Werde ich auch deine neue Freundin endlich kennen lernen? Wann wird sie denn schwanger?"

Ich sah mit Entsetzen, wie Mangals Gesicht ganz rot anlief. „Beruhige dich doch", sagte ich und fasste ihn am linken Unterarm. Er schüttelte mich ab. Dann zog er mit der rechten Hand etwas aus der Tasche. „Mit dem Messer habe ich es getan", sagte er und hielt es mir unter die Nase. „Na und", sagte ich, „soll ich jetzt beeindruckt sein oder willst du mich auch damit umbringen?" „Sei still", sagte er beschwörend, „bitte sei still!!" „Ich will endlich meine Ruhe haben, ich bin unendlich müde von all diesen unerfreulichen Dingen", sagte ich mit leiser Stimme. „Deine Ruhe willst du, und gleich jetzt? Das passt mir gut. Ich habe nichts zu verlieren. Ich muss nur meine Spuren verwischen." Er steckte das Messer wieder in die Hosentasche. Dann nahm er mein Gesicht zwischen beide Hände und versuchte, mir einen Kuss auf den Mund zu geben. Ich konnte gerade noch rechtzeitig die richtige Bewegung ausführen, um dem zu entgehen. „Einen Abschiedskuss bitte", sagte Mangal. Dann bettete er mich auf das Kissen. Seine Augen blieben in meinen. Ich wollte nicht ausweichen, wusste jedoch nicht, ob ich standhalten würde. Er kam näher, bis wir Mund an Mund waren.

„Es muss sein, ich habe keine Wahl", sagte er. Bevor ich eine Frage stellen konnte, hatte er das andere Kopfkissen mit der linken Hand ergriffen und drückte es fest auf mein Gesicht. Ich strampelte wild, schlug mit Händen und Füßen, versuchte auch meine Stimme durch das Kissen zu pressen; viel kam davon nicht an. Mangal presste mit seiner ganzen Kraft, dass sein Körper vor Anstrengung bebte. Er weinte laut. Tränen fielen auf meine Hände. Er ließ ihnen freien Lauf, hielt nicht inne.

Max schöpft Verdacht

Nachdem Max mich am Telefon so seltsam erlebt hatte, überlegte er nur kurz, was zu tun sei oder ob überhaupt etwas zu tun war. Mein Verhalten war mehr als ungewöhnlich gewesen, schilderte er später, als wäre ich unter Druck. Sonst hätte ich doch sprechen können, und zwar laut und deutlich. Vielleicht war dieser Mangal aus irgendeinem Grund bei mir vorstellig geworden und belästigte mich jetzt. Ihm war klar, ich benötigte seine Hilfe.

So schnell war er nie angezogen und in seinem Wagen gesessen, wie an jenem Abend. Er fuhr aus der Stadt; kaum ein Mensch war unterwegs. Ein paar Jugendliche kamen aus ländlichen Discos und fuhren gemächlich in der Morgendämmerung nach Hause oder sonst wo hin. Seine Gedanken flogen hin und her, da er nicht einschätzen konnte, was ihn erwartete. Nur dass es etwas Ungewöhnliches sein würde, war ihm sonnenklar.

Bei der Einfahrt in das Dorf ließ er den Wagen ohne Licht in die Nähe meines Hauses rollen, so dass er nicht sichtbar war. Er stieg leise aus und schloss ebenso leise die Wagentür. Dann ging er von hinten auf das Haus zu. Durch den Hintereingang gelangte er ins Haus. Alles war still. Licht war schon von außen nicht zu sehen.

Max erzählte, dass er jemanden weinen hörte, der offensichtlich mit sich selbst sprach. Die Tür zu meinem Schlafzimmer sei geöffnet gewesen, er sah den Mann über ein Kissen gebeugt und hörte merkwürdige Laute. Dann sah er meinen Körper. Ich schien leblos. Er sei ins Zimmer gestürzt, habe den Mann von mir weg gerissen und registriert, dass der versucht hatte mich zu ersticken. Max beatmete mich, das habe gedauert, aber er hatte Erfolg. Ich hätte geröchelt, dann begonnen, langsam nach Luft zu schnappen, ich hätte mich aufrichten wollen, sei jedoch wieder auf die Kissen gefallen. Er habe mich in Sitzposition gebracht, beruhigend auf mich eingeredet, mich gestreichelt und mich veranlasst, immer tiefer durchzuatmen. Dann erst habe er sich umgesehen. Von dem Mann habe es keine Spur mehr gegeben. Ich sei fast zu schwach gewesen, mich an ihn zu klammern, aber allmählich wäre die Farbe in mein Gesicht zurückgekehrt.

Was ich davon weiß, ist nur, dass er mich dann doch fest in seinen Armen hielt.

„Du hast mich gerettet", flüsterte ich. Er küsste mich auf die Stirn. „Denke jetzt nicht daran. Es ist vorüber."

Er merkte nur noch, wie ich in seinen Armen schwerer wurde, bis er feststellte, dass ich doch bewusstlos geworden war. Natürlich war ihm als Arzt klar, was zu tun war. Er wollte kein Risiko eingehen und fuhr mich in das nächstgelegene Krankenhaus.

In dem Moment war das alles, was er für mich tun konnte. Die Nacht verbrachte er in meiner Nähe im Krankenhaus.

Es war unsere erste und gleichzeitig unsere letzte gemeinsame Nacht. In den Tagen, die dieser Nacht folgten, erholte ich mich sehr gut. In dem Maße, wie ich mich erholte, ging es mit Max bergab.

Er war an dem Punkt angekommen, wo er sich die Frage stellte, ob er in der Lage sein würde, unter den beschriebenen Ereignissen und unter diesen Vorzeichen über den Mut zu einer neuen Beziehung zu verfügen.

Er musste diese Frage verneinen. Max sah, da er mich täglich besuchte, wie ich auf ein Wort von ihm wartete, aber er konnte dieses Wort nicht herausbringen. Er wollte nicht mit einer traumatisierten Frau in ein neues und besseres Leben starten. Wie konnte dieses neue Leben besser sein als das, was er bis jetzt geführt hatte? Er wusste es nicht. Als er mich schließlich aus dem Krankenhaus holte, so berichtete er mir etwas später, erkannte er am Ausdruck meiner Augen, dass es keine offene Frage mehr zwischen uns gab.

Und Mangal, was geschah mit ihm? Mangal hat sich später der Polizei gestellt und alles gestanden, was zu gestehen war. Er wurde wegen Mordes und versuchten Totschlags angeklagt, aber für nicht zurechnungsfähig erklärt.

So erfüllte sich sein Schicksal in einer geschlossenen Anstalt, in der er weiterhin seine Spielchen spielen, seine Märchen erzählen und für alle ein sympathischer Unterhalter sein konnte, während Max und ich weiter unseren Träumen, jedoch keinen gemeinsamen mehr, nachhingen. Wir sahen uns sehr selten. Und wenn, dann wussten wir nicht recht, worüber wir sprechen sollten. Das, worüber wir hätten sprechen müssen, war tabuisiert, und über etwas anderes zu reden, dafür lohnte sich der psychische Aufwand nicht.

Irgendwann werden wir uns ganz aus den Augen verloren haben. So traurig das auch sein wird, es ist folgerichtig und Teil der kosmischen Ordnung, an die man wohl glauben darf.